GAEA

GAEA

The Immortal Gene

月與火犬

11 深海大戰

星子 teensy——著
Izumi——插畫

月與火犬

目錄

CH01 戰前三十小時

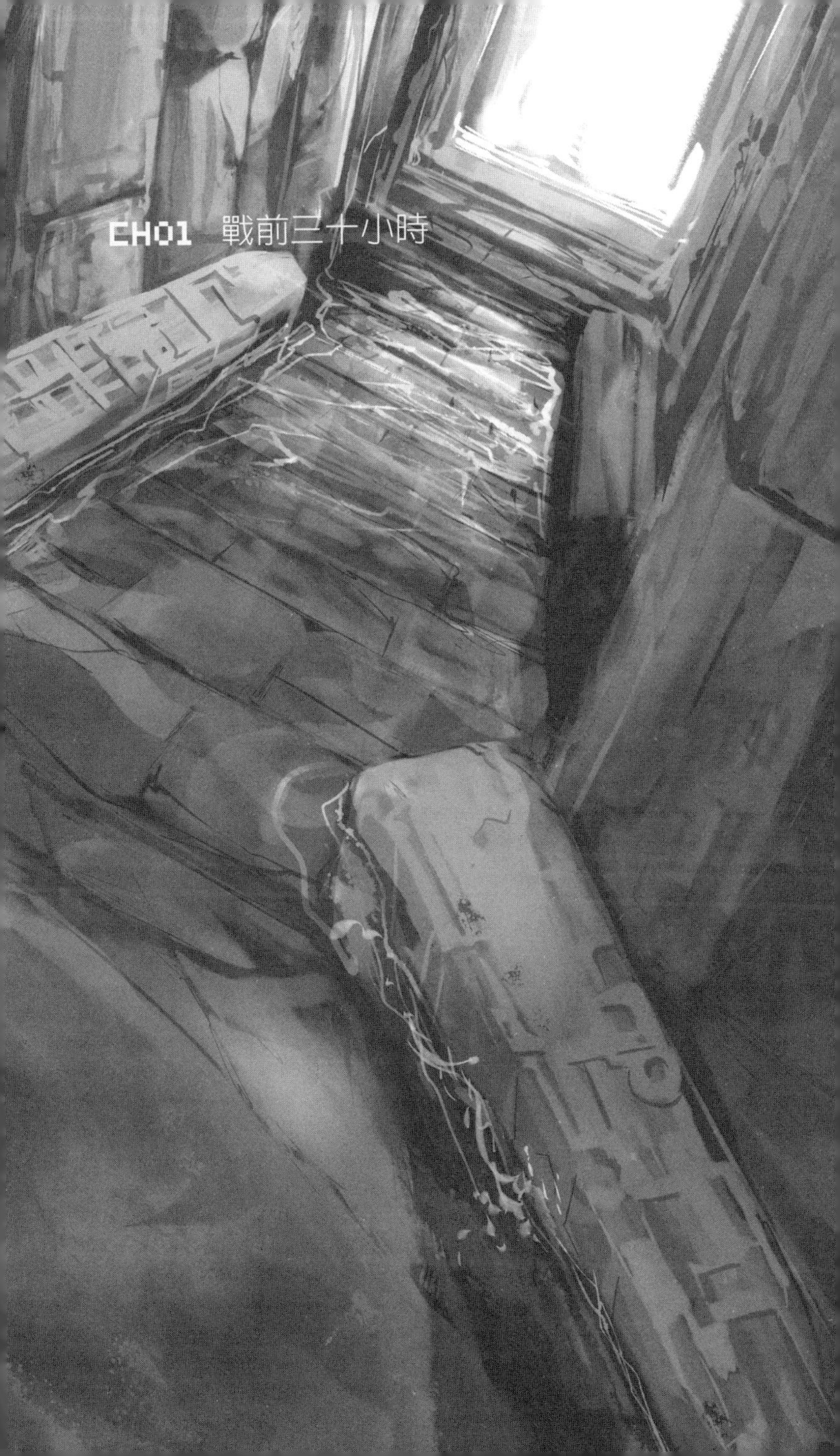

「好久不見，老友。」

「嗯。」

白色房間正中央擺著一張白色方桌和兩把白色椅子。

杜恩和康諾面對面坐著。

「你還記得我最愛喝你們的烏龍茶。」康諾在聞到桌上那壺茶透出的茶香後，撫掌大笑，替自己倒了杯茶，輕啜一口，側著頭閉目微笑。

杜恩面無表情，輕輕搖著手中的伏特加杯，讓冰塊與玻璃杯發出叮叮噹噹的碰撞聲。

康諾喝完一杯烏龍茶，讚不絕口，又斟一杯喝盡，這才滿足地呼了口氣，將空杯放在桌上，向杜恩笑了笑。

「你發現第二座神宮了。」杜恩望著伏特加杯中緩緩旋動的冰塊。

「是啊。」

「在海底？」杜恩眼神仍注視著杯中的冰塊。

「是啊。」

「你想在海底和我較勁？」杜恩繼續問。

「全都被你猜中了。」康諾哈哈大笑，拍了拍手。

「你的眼神裡沒有絕望，而是期待和興奮，所以你當然不是受擄，你是在邀戰。」

杜恩舉杯向康諾一敬，不等康諾回禮，便喝下一口伏特加。他的神情始終漠然，全無變化。「地球超過百分之七十的面積被海洋覆蓋著，第一座神宮，在南極的大陸上，若有其他神宮，在海裡，很合理。」

「你成功參透了第二座神宮的科技，研發了一批海底部隊，但你們的資源自然無法和聖泉相提並論。你們空有技術，卻沒有全面開戰的本錢，所以你想誘我下海，你相信只要向我透露其他聖殿神宮的下落，我一定會相信你，且一定會去。」杜恩繼續闡述自己的推理。

「我佩服你。」康諾笑著又倒了杯茶，向杜恩一舉。「從我踏入深海聖殿神宮，至今已經過了三年半。我始終深信，如果換作是你，必定能從深海神宮裡領悟出十倍以上的技術成果。」

「你不必試著在話裡摻入誘餌。」杜恩望著康諾：「我當然會去，立刻就去。」

「看來你早已猜出第二座神宮在海中，做好下海的準備了。」康諾苦笑了笑。

「不是做好下海的準備，而是做好前往任何地方的準備。」杜恩聳聳肩，第一次露出表情，不是笑也不是怒，而是淡淡的無奈。他說：「因爲太無聊了。南極的一切，我早膩了，你明白這情形嗎？就像個孩子，一件再怎麼鍾愛的玩具，天天玩、時時刻刻都玩，會膩的。我始終未曾離開聖泉，就是想藉著聖泉的資源優勢，比任何人更早一步找出第二座、第三座、第四座聖殿神宮。我一直假想著，倘若世上還有其他神宮，位在高山，我該如何去；位在地底，我該如何去；位於深海，我該如何去。」

「但我一直有預感，你會比我早一步發現其他神宮，我的預感成眞了。」杜恩淡淡地說：「這讓我非常、非常嫉妒你。」

「哈哈哈……老友，該是我比較嫉妒你才對。我已經用盡一切心力鑽研那個地方，但搞不懂的地方實在太多了，我可能只弄懂了不到一成的資料，甚至更少。」康諾笑著說：「有時我會因此感到慚愧。」

「你是應該慚愧。」始終面無表情的杜恩，猛地灌下一大口酒，隱隱露出不耐的神情。「我比你更有資格踏進那個地方，除了我以外的任何人佔著那地方，都是種浪費。」

「我完全同意，只有你才配得上那個地方——從科技研發效率的標準來看的話……」康諾大力點頭，跟著話鋒一轉。「但老友啊，這個世界，不是只有效率、技術這些東西。我是一個科學家，但我更是一個人，科學的最終目的是讓人過得更好，而你的研究卻讓無數人類受苦……」

「夠了。」杜恩皺了皺眉，冷冷地說：「我對你說的這些話一點興趣也沒有。」

「好，那我說點會令你感興趣的事好了。」康諾默然半晌，點點頭。「例如『心臟』。」

「心臟？」杜恩雙眼漸漸睜大，身子一顫，手中的酒杯落到了地上，碎裂四散。

□

「狄！」月光睜開眼睛，猛然自床上坐起。

她穿著一襲類似睡衣的灰白色棉質套裝，胸口汗濕了一大片，額上猶自掛著小小的汗珠，臉頰上還掛著兩行淚痕。她左顧右盼，像是不知自己身處何方。

昏暗的小房四壁上流轉著淡淡彩光，床旁立著一根電線桿粗細的透明大管，裡頭游著小魚小蝦，還有些身泛螢光的水母。那微弱的彩色光源，便自那些悠游於透明管子裡的小水母身上發出。

「公主！」米米自床旁的地鋪蹦起，瞪著疲累的大眼盯著月光，嚷嚷喊著：「妳終於醒啦！」米米叫著奔向房中小門，砰砰敲起門來。她敲了半晌，總算見到門上小窗探出一雙眼睛，瞅了瞅她；她激動地和門外那人嘰哩咕嚕爭執半晌，突然想起了什麼，奔回床邊，揭開床頭上方牆面一處模樣古怪儀器的外蓋，按下青色按鍵，那是通訊裝置。

「公主醒了、公主醒了！」米米這麼喊著。

月光還不明白發生了什麼事，只覺得身體虛弱無力，手臂接著點滴，額上還接著兩片貼片，連接著床旁一具沒見過的儀器。

不一會兒，莫莉打開門，走了進來。

莫莉身後跟著糨糊、石頭等一批小侍衛。小侍衛們一見月光，便迫不及待地朝她奔去。糨糊嚷嚷叫著，蹦了個老高，往月光懷裡躍去。

「不行！」米米和莫莉同時驚呼起來。

月光見到糨糊朝自己躍來，本能地抬手去抱，寬大的袖口向下一滑，兩截細白手腕露出袖外，雙腕上各自箍著一只灰色手環，手環外側隱隱閃耀著青色光點。

「嗯！」月光雙手才剛托著糨糊的身子，只驚覺他的身子沉重無比，被他撞得連連倒退，眼看就要被糨糊壓倒；突然之間糨糊哎喲一聲，像是想起了什麼，身子立時化成數十條黏團，連同肚子裡一堆零碎收藏品嘩啦啦散落滿地，這才沒直接壓向月光。

「不是跟你說過，公主現在沒力氣，抱不動你嗎！」米米氣呼呼地朝落在地上翻滾一圈的糨糊破口大罵起來。「你剛剛差點殺了公主！」

「我……我忘記了嘛！」糨糊慌亂地四處撿拾自己散落一地的黏團和小收藏品，抬頭見到月光坐在床沿，臉色煞白地撫著手腕，知道自己剛才那一撲撞傷了月光，登時懊悔不已。

「這……」月光訝異地望著自己雙腕上那對手環，知道必然是這副東西限制了她的力氣，現在的她便連糨糊也抱不動了。

「妳記得妳做過的事嗎？」莫莉緩緩走到月光身邊，將手上一箱醫療器材放在床上揭開，從中取出聽診器戴上，替月光做檢查。

「我……」月光一面讓莫莉檢查，一面歪著頭沉思，說：「我記得……之前有一天，我的身體越來越難受，糨糊跟石頭帶著我逃了出來。他們說，我睡了很久，我們越走越遠……逃到一座小鎮，鎮上一個人都沒有。」

「對呀、對啊！」糨糊突然插嘴大叫：「我們在那裡蓋了一座城堡，叫作公主城，那是我發現的，我們還在裡面找小人，那邊有好多好奇怪的小人！」

糨糊見月光記起往事，不由得興奮地大叫起來，他瞥見米米滿臉怒容地瞪著自己，便心虛地低下頭，又忍不住咕噥說：「後來飯闖了進來……」

「飯……」月光凝望著床邊那柱游動螢光小魚的透明管子，記憶像是流水般湧上心頭。

「妳想起以前的事了？」莫莉望著月光的雙眼，說：「狄念祖將妳先前的遭遇告訴我了，我們也仔細檢查過妳的身體。妳雖然在奈落接受了好幾次洗腦工程，但妳的身體從一開始就是未完成體，他們的洗腦程序是針對完成體的女僕所設計的，並不完全適用在妳身上，至少他們沒能完全洗去妳的記憶；而且……我想，提婆級別的妳，當時仍然手下留情了，對吧？否則狄念祖可能得再多躺上一、兩天。」

「狄……他沒事吧……」月光抬起手，望著自己掌心，第五研究本部逃亡戰那晚，她拚死要取狄念祖性命的情境，這些天不時浮現在她夢境中。

夢境中的她，在意識到自己殺死狄念祖的那一刻，總會因爲完成了王子交代的使命而感到欣慰和雀躍，但這樣的情緒在轉瞬之間，卻又會被強烈的恐懼和悔恨所取代。

完成王子的使命，是要付出代價的。那種代價似乎巨大得超乎了她所能承受的範圍。

「他沒事。」莫莉說：「他的身體裡有長生基因，只躺一晚就恢復了，我們的章魚博士替他進一步改造右手，現在他正興致勃勃地練習新武器……至於妳……妳從那晚大戰之後，至今足足昏睡了六天。」

莫莉取下聽診器，說：「本來我們也替妳準備了一套基因強化程序，但我們得先確定妳的心理狀況，我們不會將武器交給會將槍口指向夥伴的人。」莫莉說到這兒，話鋒一轉，單刀直入地問：「妳現在仍有殺死狄念祖的念頭嗎？」

「我……我不知道……」月光低下頭，茫然地說：「我想見狄，我想向他道歉。」

「嗯。」莫莉默然半晌，指著月光雙腕上那對手環。「這東西能夠抑制妳的力量，妳不反對繼續戴著它吧。」

「好。」月光點點頭，說：「我戴著它。」

「狄念祖應該也有話想對妳說。」莫莉這麼說，接著指指門外：「跟我來吧，我帶妳去見他，順便告訴妳關於這裡的事……我倒是有點好奇，一直以來，妳對妳身邊發生的點點滴滴，都不感興趣？」

「發生在我身邊……的點點滴滴？」月光呆了呆，望著莫莉。

「是啊。」莫莉說：「狄念祖希望讓妳知道更多事，他希望妳能在了解全部的情況之下做出決定。」

「什麼決定？」月光不解。

「全部決定。」莫莉說：「妳接下來要站在哪一邊、要幫助或是對抗哪些人，由妳自己決定。狄念祖希望妳能在不依靠機器的操作、不受到使命的綁縛之下，做出最符合內心盼望的決定。」

「所以，妳得先弄清楚這世界究竟發生了什麼事、妳的來歷和妳身邊的人的處境。」莫莉揚手指了指門。「跟我來吧，我盡量讓妳知道我們這些怪傢伙窩在這個地方，到底在忙什麼。」

「好……好！」月光連連點頭，她似乎也對長期身處在猶如五里霧中感到困惑和無助，她想知道更多關於自己，以及這個世界的事。

莫莉打開門，向門外的侍衛交代幾句，見到糨糊、石頭等小侍衛們全跟在月光後頭，便說：「你們可以跟著，但別插嘴說話，知道嗎？」

「一句話都不能說嗎？」糨糊忍不住問。

「盡量不要，可以嗎？我這人沒什麼耐心。」莫莉瞪大眼睛，直視糨糊。「這是爲了你們的公主著想，我得把握寶貴的時間讓她明白更多事。」

糨糊儘管有些不甘願，但他倒還記得自己數分鐘前才害月光扭著了手腕。身爲小侍衛，害公主受傷，這可是極嚴重的過錯。他轉頭見一旁的米米和其他小侍衛都冷眼望著自己，一副等著看他再次犯錯的模樣，便也不好意思再多話。

□

「妳說，我們在海底一萬公尺的地方？」月光略顯驚訝地問。

莫莉帶著月光離開那狹小的臥房之後，穿過兩處寬闊廳間。廳間中有少許人類模樣的研究員和魚蝦模樣的傢伙三五成群地聚在一起，低聲討論著各種瑣事，看得出來儘管所有人十分忙碌，卻有種難以言喻的平靜感。

整座聖殿神宮的廊道和空間極爲簡潔，壁面上沒有任何修飾和圖紋，僅有少許風格迥異的畫作或是擺設，那自然是康諾人馬往返神宮和外界時，隨興帶來的裝飾品。

他們來到了一條弧形通道，那通道內側是灰白色壁面，外側是透明如同玻璃的外牆，隱隱可見環繞在外頭和頭頂上方那無數古怪傢伙，那些巨大的深海生物看來全像是恐怖電影中的嚇人怪物——

有汽車大小的鮟鱇魚、近百公尺的大海鰻、十數條觸手的古怪烏賊、凶惡駭人的巨鯊、負著形如險山峭壁般怪殼的巨大寄居蟹，以及更多難以名狀的古怪大物們。

這群超乎常理的海底巨獸，全是這深海聖殿神宮技術之下的產物。

「是啊。這裡就是第二座聖殿神宮，不過……」莫莉這麼說：「我想妳或許還不知道關於聖殿神宮的事情吧？總之，妳只要知道，再過三十個小時，杜恩的大軍就會抵達這馬里亞納海溝的最深處，也就是我們所在的這個地方。」

「杜恩，我記得袁唯先生很尊敬他，喊他老師……」月光呆了呆，望向莫莉：「現在，他和袁唯先生……算是我們的敵人？」

「他是我們、狄念祖、酒老頭，以及整座深海神宮的敵人。」莫莉淡淡笑了笑。「我們的使命，我們這些日子以來所做的一切準備，就是在這海底一萬公尺之下，用盡一切方法、甚至不惜犧牲生命，也要擊敗杜恩──不但要擊敗他，還要殺了他。」

「沒有了杜恩在背後撐腰，袁唯就只是個異想天開的大孩子而已。」莫莉這麼說：「三十個小時之後，妳會站在袁唯、杜恩那邊，還是站在我們這邊，得由妳自己決定。」

「……」月光似乎有些困惑，她說：「我不明白，為何要這麼做……如果大家、大家……」

「妳想說『如果大家和樂融融，你愛我、我愛你，那不是很好，為什麼要進行這場無謂的戰爭』是嗎？」莫莉哈哈一笑，說：「是啊，我也這麼覺得，可惜，袁唯和杜恩卻不這麼想，袁唯想征服世界，我們是被動反抗的一方。」

「我不明白，如果是這樣子。」月光不解地問：「那麼我有可能是你們的敵人？那麼爲何……」

「妳想問爲什麼我們不將妳關起來、爲何不告訴妳該站在哪一邊，還要給妳選擇的機會，是嗎？」莫莉這麼說完，見月光點點頭，便答：「這是狄念祖的希望；是妳冒險至今，始終缺少的東西。」

「我缺少的東西？」月光不解。

「妳總是接受別人的指示、聽從別人的命令，卻沒有仔細深思爲什麼要這麼做，對吧？」莫莉說：「這並不能怪妳，妳的生命歷程太短暫了，按照妳那小跟班的說法，他們護著妳逃離聖泉實驗室，至今才不到一年。」

「妳並不具備正常人的人生經驗和歷練，妳始終在尋找一個服從的對象，這不是妳的錯，是製造妳的人賦予妳的生命本能，他們心目中理想的妳，是一個聽話的奴隸。」

莫莉說到這裡，頓了頓。「但狄念祖以及所有人心目中理想的妳，是一個活生生的人。」

月光望著透明壁面外的深邃水域，抬起手貼上那透明壁，感受著壁面的冰涼。在這深海之中，本來應當更加深沉幽暗，但此時游動在四周的大鮟鱇魚和小鮟鱇魚，頂上那隨著水流緩緩擺動的發光器，微微照亮了這海底一萬公尺下的遼闊海溝。向外望去，方圓數百公尺處的視野要比正常的深海區域好上許多，神宮上方有一整片古怪魚群負責吃食漂浮在水中的沉積物，也有成群列隊的發光魚群提供光線，讓整座深海神宮周遭看來如同仙境一般。

「聽話的奴隸，和活生生的人……差別在哪兒呢？」月光的神情有些茫然。

「這一點，妳得靠自己感受了。」莫莉這麼說：「距離杜恩大軍壓境還有一段時間，妳可以靜靜地思考。如果有任何問題，可以問我或者其他人，本來……我打算把袁燁製造妳們這批女奴的原始目的告訴妳，但我覺得現在的妳或許還不明白那些事情，多說無益……」

莫莉這麼說，領著月光，走入一間小廳。那小廳有十餘坪大小，裡頭一邊牆上有一面大窗。

「啊！是飯！」糨糊湊近窗邊一看，驚呼一聲，轉頭瞥見身邊小侍衛都望著自己，趕緊閉上嘴。

月光聽了糨糊吆喝，連忙上前，只見窗外是一處寬闊挑高空間，底下盤踞著數個形狀不規則的大水池，有些像室內游泳池。

酒老頭、小次郎等華江賓館夥伴們聚在一處大池裡，在幾位神宮成員指導下不時閉氣潛水、漂浮游動，像是在學游泳一般。

另一處較小的池子裡只有狄念祖一人。狄念祖裸著上身，戴著潛水蛙鏡，一臉興奮地對著池畔的墨三揚起他那巨大拳槍右臂。

「狄念祖正在練習他的新武器，如果妳想和他說話，可能還要花上兩、三個小時的時間。雖然我可以替妳叫他，但我更希望妳利用這段時間好好想一想；想想我剛剛的話，再想想自己是否仍然對他有敵意。」莫莉這麼說完，指了指一扇門，說：「我就在裡頭工作，妳有任何問題都可以問我。」

「好，謝謝妳。」月光點點頭，轉頭遠遠望向狄念祖。心中歉疚之餘，也有些緊張；由於她是個未完成的女僕，當初在奈落時的女僕洗腦裝置，並未完全洗淨她的記憶，這些天的夢境裡，她想起了許多事。

她一想到那晚自己竟將武器刺入狄念祖的身體之中，便感到極度地愧疚和惶恐。

她想親口向狄念祖道歉，她有好多的疑問想聽聽狄念祖的意見，但她又有些擔心自己仍然對他懷有殺意。

接著，她想起了她的王子，她對狄念祖的殺意來自於王子的命令，她開始覺得心情突然變得十分複雜，那是一種她想破了腦袋也無法理解的複雜。

忽然之間，她的眼淚簌簌地落下。

米米牽起了她的手，小侍衛們圍了上來，牽著她的手或是衣角。

糨糊擠在最後頭，也偷偷伸出黏臂，勾著月光胳臂。他一會兒望望月光，一會兒又瞧瞧窗外遠處水池裡的狄念祖。他也想和狄念祖說說話，但又擔心自己弄傷月光的事被狄念祖知道了，免不了惹來一頓奚落和責備；說不定自己好不容易高升的階級又要給拔除了。

□

「我沒完全弄懂，再讓我多試幾次。」狄念祖那拳槍右手在墨三的改造之下，和先前又有些不同，此時他的手掌已完全脫離人形，看起來更像是一隻蝦蟹巨螯，那巨螯鉗部足足有一只臉盆大小。

而在狄念祖面前兩公尺處，漂浮著一具碎散的人形標靶；那標靶以海草和貝殼、砂石綑成，自胸口斷成兩截，碎石和貝殼不停自斷口散出。

「嗯。」池畔的墨三點點頭，向旁招了招手，一個研究員又扛來一具相同的人形標靶，拋入水中，任其沉入水底。

狄念祖吸了口氣，潛入水中，迫不及待地游近人形標靶。他似乎有些懷疑那標靶的堅固程度，先是伸出左手按按那標靶的胸口、捏捏它的肩和臂膀，這才確定這人形標靶造得相當牢靠，那些海草的堅韌程度猶勝牛筋，將細碎的貝殼和砂石紮綑得比沙包還要堅實。

狄念祖緩緩地撥水踢腿，穩著身子，讓自己與那標靶維持兩公尺左右的距離，接著挺直他那拳槍右臂，他的拳槍前端巨鉗兩角一大一小，小鉗角固定不動，大鉗角向上張開，上膛。

狄念祖左手托著右臂，猶如舉槍瞄準，大張的鉗口指向那標靶胸膛處——閉合！

轟——

霎時，水流激竄、震波突衝，那人形標靶如同捱著一記無形衝擊波，胸膛處炸開一個大坑，碎石和貝殼自破口中散出，零零落落地向後漂遠。

狄念祖興奮地竄出水面，歡呼一聲，說：「就是這樣，這才是名副其實的卡達砲！」

卡達蝦，又名槍蝦，狩獵的方式是利用牠那碩大右螯高速閉合時造成的氣穴現象，擊出猛烈的衝擊波擊暈獵物。

狄念祖最初植進體內的卡達蝦基因，僅能讓全身關節模擬卡達蝦那隻大螯開闔，使他擁有如同大螯閉合時的強烈衝力；而趙水第二次替狄念祖改造的右手拳槍，內部構造是幾處充滿液體的囊狀空間，以變形的骨骼作爲製造氣穴現象的扳機，來擊發蟹甲彈。

但這蟹甲彈的威力甚至不如土製手槍，在實戰中，僅能偶一爲之，攻敵不備。

這些天，墨三率領的研究團隊，除了替狄念祖取下後頸上的電擊拘束裝置，更仔細檢查了狄念祖的拳槍構造，且進一步強化它，讓狄念祖的拳槍能夠變形爲蝦蟹狀的大鉗，進而能夠在水中擊出強勁的衝擊波。

「你進步很快，我本來以爲你要花更久的時間才能應用自如。」墨三這麼說。

「我受過殘酷的訓練。」狄念祖哈哈一笑，揚了揚他那拳槍右臂。他和傑克落難黑雨機構時，每日在趙水的折磨苦逼之下鍛練他那卡達砲，早已將這蟹臂練得如人手一般自然；此時接受了墨三的小改造，儘管造型古怪，但仍很快地應用自如。

「萬事俱備，只欠東風，現在你的身體，就差那『半魚基因』的效力了。」墨三說：「氣穴效應只能在流體中作用，你應該知道這點。如果不在水中，這武器也無用武之地了。」

「盡人事，聽天命。」狄念祖聳聳肩，望了另一處大池子裡的酒老頭、小次郎等人幾眼，便又吆喝著池畔的研究員們繼續將標靶拋入池中，讓他練習那進化後的卡達砲。

□

「米米，一個聽話的奴隸和一個活生生的人，到底有什麼差別呢？」

月光抱著膝，背靠著大窗，坐在窗邊地上，小侍衛們擠在她身邊。她在流了些眼淚之後，開始思考莫莉那些話。

「我不知道……」米米這麼說，頓了頓，又說：「我很聽話，我們都很聽話，公主，但是妳並沒有將我們當成奴隸，不是嗎？我們很愛公主，因爲公主也愛我們。」

「是啊，你們很愛我，我也愛你們……」月光這麼說，突然轉頭喊了糨糊一聲，對他說：「糨糊，如果我要你殺死狄，你會照我的話做嗎？」

「咦？公主？爲什麼！」糨糊聽了月光這突如其來的問題，可是猛然一驚，比手畫腳支吾半晌，突然想起狄念祖就在窗外底下的水池裡；他連忙蹲下，分出一顆眼睛溜到伸近窗邊的黏臂尖端向外探望，卻不見狄念祖的身影，也不知是否潛在水中。

糨糊調回眼睛，向月光拍著胸脯保證：「我知道了，一定是那個臭飯欺負公主對不對，我幫妳打扁他！」

「狄沒有欺負我，狄一直很照顧我……」月光說：「他或許是這個世界上，除了你們之外，最照顧我的人了……」

「呃！」糨糊呆了呆，結巴地問：「那……那爲什麼公主想殺他？」

「我並不想殺他啊！」月光連連搖頭，說：「所以……我才這麼問你，那我換個方式問好了，如果我要你把你的小玩具通通送給狄，你答應嗎？」

月光見糨糊露出爲難的神情，便補充又說：「不但要把小玩具送給狄，還要把他當大王來伺候，不可以凶他、不可以打他，你要每天煮飯給他吃、幫他按摩洗澡……」

「咦！」糨糊呀地一聲，嚇得向後彈開一大步，坐倒在地，雙腿蹬了蹬，沙啞哭了起來：「爲什麼——」

「你不願意，對不對？你不想那樣，對不對？」月光苦笑了笑，說：「但如果這是公主的命令呢？糨糊，我記得你最聽公主的話了不是嗎？如果我一定要你照做的話，你願意嗎？」

「我……我要這樣伺候飯多久？」糨糊一面哭，一面爬到月光腳邊，輕輕抱住月光大腿，哽咽地說：「公主……生氣我撞傷了……公主的手嗎？」

「不是，我只是問問而已，不是眞的要你那樣做，更不會要你殺他。」月光見糨糊這般可憐模樣，知道他無法理解自己的用意，便也不再爲難糨糊。

「啊？」糨糊一時間反應不過來，這一路上莫莉和月光的對話，他大都聽不懂，也沒興趣弄懂，他仍然嗚咽啜泣，一手拉著月光衣角，一面轉頭向石頭訴苦：「公主要我做飯給飯吃，我要偷偷在飯的飯裡面放一點大便……」

「嗯……」月光似乎聽見了糨糊的低語，莞爾之餘，突然間像是有了新的想法。

「米米，那如果……袁唯先生要妳殺死皮皮，或是殺死我，妳會怎麼做呢？」月光這麼說：「又或者，如果我要妳殺死皮皮，妳會照做嗎？」

「我……」米米像是早想過這個問題，她答：「我會很難過。」

「但如果公主不要我和皮皮了，我可能會帶著他逃跑……」米米這麼說時，將懷中的皮皮抱得更緊了些。她說到這裡，又補充：「糨糊一定不會乖乖聽公主的話煮飯給狄大哥吃，也不會幫狄大哥按摩洗澡，就算他勉強照著公主的話做，事後也一定會想辦法捉弄狄大哥來報仇。」

「誰說的，我哪有不聽話，公主要我幫飯洗澡、做飯給飯吃，又沒說怎麼幫飯洗澡，給飯吃什麼飯……」糨糊不服氣地抗議起來。

「嗯？」月光聽見糨糊的回答，先是一呆，跟著忍不住笑了笑，伸手拍了拍糨糊的臉，安撫著說：「對呀，做一件事，不只一種方法，其實可以有很多種方法……」

「妳看！」糨糊見月光露出了難得的笑容，忍不住歡呼起來，指著米米大叫：「公主說可以的。」

喀啦一聲，門打開，狄念祖走了進來。

「啊！」糨糊轉頭一見是狄念祖，還以爲狄念祖識破了自己的詭計，嚇了好大一跳，心虛地躲到月光身後，不言不語。

「狄……」月光見到狄念祖，先是一愣，跟著連忙站起，微微張口，像是有滿腹話語亟欲傾吐，但一時間卻什麼也說不上來。

「妳醒啦？跑來這裡幹嘛？」狄念祖頭上披著一條毛巾，他在水池中偶然發覺高處窗邊不時有小影子探來探去，瞧了幾眼，覺得那些小影形跡活脫就是這批小侍衛們，好奇之餘，便中止練習，趕來瞧瞧。

「莫莉……」月光不知該從何說起，她苦笑地解釋：「她要我想一想，是不是還是……」

「還是什麼？」狄念祖嗯了一聲，來到小廳角落矮櫃旁倒了杯水，大口喝下半杯。

「還是想殺你……」月光望見狄念祖的目光，不免覺得歉疚，垂下頭，低聲說：「狄，我眞的非常對不起你……」

「無所謂，反正我沒那麼容易死。」狄念祖攤了攤手，哈哈一笑，說：「至少現在是如此。」

「這些天我作了很多夢。」月光吁了口氣，雖然仍有意無意地避開狄念祖的目光，但似乎已經做好吐露心聲的準備了；她緩緩退到窗邊，和剛剛一樣背著窗，抱膝坐下。「我發現那些夢，似乎眞正發生過……像是、像是我想起我和你、和果果見面的經過……那是在一間破破的樓房，裡頭隔成很多小小房間，對吧。」

「嘿嘿。」狄念祖忍不住插嘴。「酒老聽妳這麼形容華江賓館，可能要生氣啦。」

「對，華江賓館。」月光眼睛亮了亮，說：「我記得這四個字。」

「妳眞的想起之前的事啦。」狄念祖哦了一聲，走近月光，先是瞄了月光雙腕幾眼，跟著在她身邊蹲下，笑著問：「妳記得我們怎麼見面的嗎？」

「……」月光留意到狄念祖偷瞄她手上那抑制手環時的神情，知道他表面上故作大方，其實仍有戒心，心中雖不免有些酸楚，卻也覺得狄念祖的戒備合情合理。她淡淡一笑，想了想，說：「那時候，你好像……沒穿衣服。」

「何止啊！」狄念祖瞪大眼睛，比手畫腳起來。「當時有兩個小王八蛋，不但脫光我的衣服，還差點殺了我！」

糨糊本來窩在月光另一側，聽狄念祖那麼說，忍不住嚷嚷起來。「飯，你是說我跟石頭嗎？」

「是啊。」狄念祖哼哼地說：「怎麼樣？」

「飯，你那時候就不會對我們這麼說話。」糨糊埋怨：「現在你常常罵我。」

「以前我打不過你嘛。」狄念祖翻了個白眼。「那時候你不是罵我就是打我，現在倒是不敢了。」

糨糊咕噥幾句，也不正面答話，似乎不願承認現在變成自己打不過狄念祖了。

「所以，妳現在還會想殺我嗎？」狄念祖打了個哈哈，伸手指向月光雙腕。「如果不會，我立刻請莫莉替妳拿下它。」

「不。」月光伸直雙手，讓手腕上的抑制手環輕輕碰撞，發出叮叮咚咚的脆響。

「我想戴著它。」

「那好。莫莉有沒有告訴妳，不久之後，杜恩博士就要帶著他的大軍攻來這個地方了？」

「莫莉要我好好想一下，到時候要站在哪一邊。」

「妳想好了嗎？」

「……」月光皺了皺眉，似乎對狄念祖這個問題感到難過。她靜默半晌，說：「我想保護我的朋友，我不希望果果受傷、不希望你受傷、不希望酒老、貓兒他們受傷，我沒有理由不和你們站在一起。狄，之前我忘了你們，但現在我記起來了……尤其是你，狄，你對我非常好。」

「嘿嘿，是嗎？那如果……」狄念祖聽月光這麼說，反倒有些不好意思，忍不住想問倘若拿他和她的王子相比又如何，但話到了嘴邊，又隱隱覺得不妥，便硬生生地轉了個彎。「如果我們平安回到了地上，妳有想去的地方嗎？我帶妳到處逛逛。」

「我想……」月光想了想，說：「我想去我們第一次見面那個地方看看，我想念那裡，啊呀……不曉得那些大蜘蛛還在不在……」

「妳是說當初差點將我煮來吃的那個地方，好啊。」狄念祖莞爾一笑，他沒想到月光會想念當初的山水宿舍。他說：「沒問題，剛好我也得再跑一趟那鬼地方。那些蜘蛛不成問題，妳沒提我都快忘了，天誅童子是吧？要是讓我再碰上，我會讓她好看。」

「飯，回到城堡之後，我要向你挑戰。」糨糊又插嘴。

「城堡？你把那裡當成你的城堡？」狄念祖問：「你想要挑戰什麼？」

「那邊有很多神祕的小人，我們來比賽，看誰能找出最多小人。」糨糊自信滿滿地說：「只要發現牆壁上的小人，就在小人旁邊再畫一個新的小人，留下記號。我先說，我會畫一個黃色的小人。」

「黃色的小人？」狄念祖哦了一聲，他聽糨糊提出這挑戰邀約，想起當初在那山水宿舍時，曾發現自己兒時與夥伴畫在牆上的那些小超人、小勇士身邊，新添上一些小塗鴉。那公主造型的小塗鴉，想來是月光畫的；黃色和綠色的小圓團，肯定是糨糊和石頭畫的了。令他略感訝異的是，糨糊並沒有將那小圓團當成無意義的記號，而是「黃色的小人」，雖然在狄念祖眼中，那橫看豎看，就是一團圓圓的東西。

自然，狄念祖也無意嘲笑糨糊的美術能力，那對糨糊來說本來就是一種苛求；狄念祖反倒有些讚賞糨糊想到的詭計，他知道當時糨糊與月光、石頭曾進行過一場類似的競賽，在小超人、小勇士身邊，早畫上了許多小公主和小圓團，到時候糨糊會以數十比零的優勢，在競賽一開始便遙遙領先狄念祖，糨糊肯定覺得自己在這樣的計畫之下絕對會贏。

「誰贏，誰就是國王。」糨糊咬牙切齒地說：「國王最大，國王說的話誰都要聽。」

「如果我贏了，我就是國王。」狄念祖點點頭，問：「如果到時候我抱著你的公主一起看月亮，你也不能反對。」

「你不會贏的，我很會找小人。」糨糊嘿嘿笑著說：「抱著公主看月亮的人是我。到時候，你要把所有該給我的小汽車通通給我、永遠當我的部下，乖乖當公主的飯，我跟公主說什麼你都要照著做，呵……」

「很有意思，我接受你的挑戰，我畫什麼呢？我畫……」狄念祖扠著手，認眞思考自己到時候使用的符號。「我畫一隻螃蟹爪好了。」

「眞的嗎！」糨糊像是有些訝異狄念祖這麼爽快答應了自己的挑戰，他連忙伸出黏臂，纏上狄念祖的手，說：「我們打勾勾，誰贏了，就是國王！要一輩子聽對方的話，絕對、絕對不可以反悔！」

「一言爲定。」狄念祖強忍著笑意，豎起大拇指，和糨糊立下誓約。

CH02 鯨艦

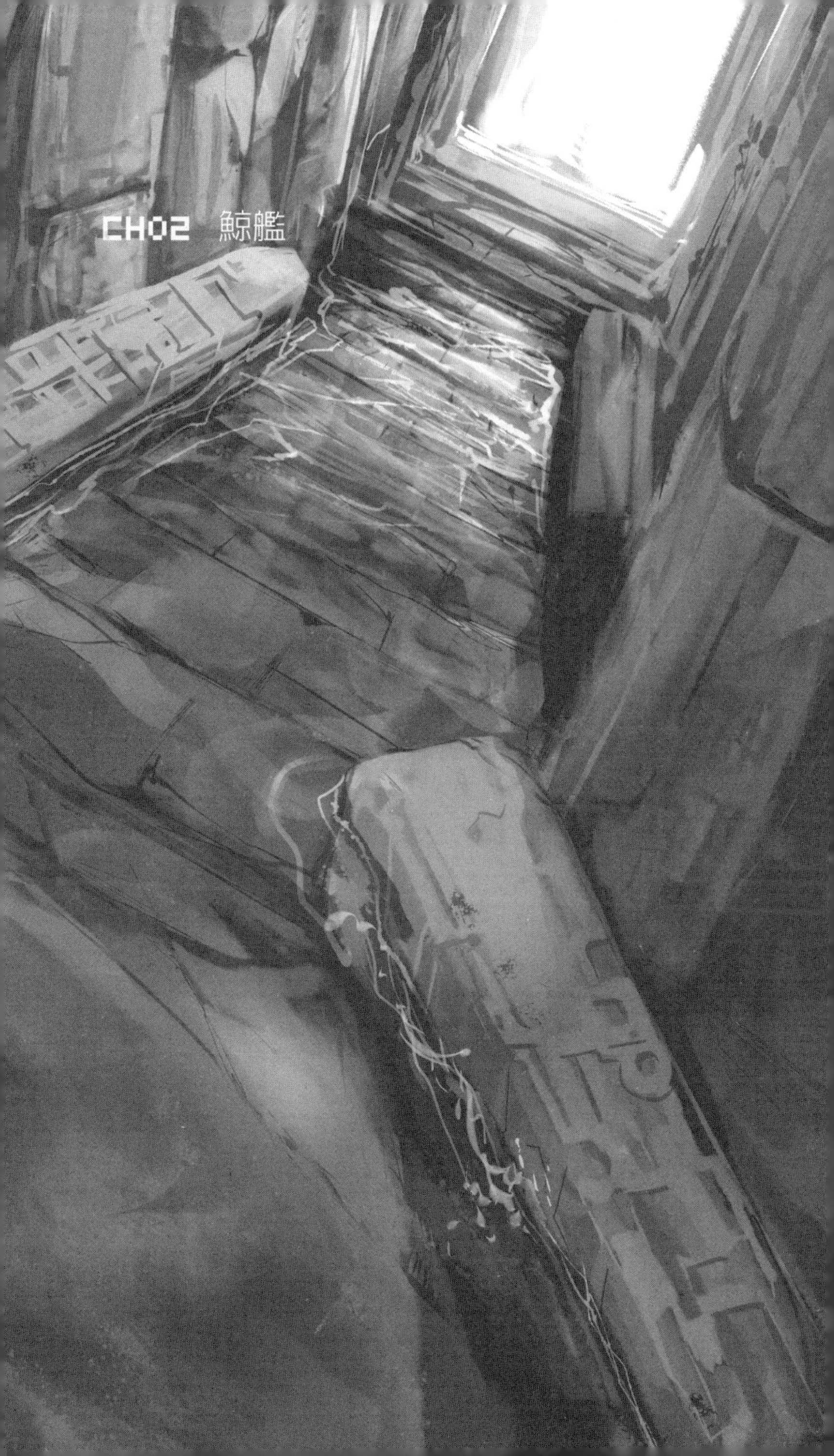

巨大的身影緩緩穿過會議廳天井上方的透明壁，那是一條身長超過七十公尺，是成年藍鯨兩倍以上的古怪巨鯨。

巨鯨下腹有八處橢圓形隆起物，隆起處中央有道閉合的豎縫，豎縫隨著鯨魚龐大身軀的擺動微微張闔著，像是八隻打盹的眼睛。

「鯨艦——」冰冷的聲音，在青森森的會議廳裡響起。「是我們這深海神宮的守護神。」

這會議廳約莫四、五十坪大，呈天井構造，周圍挑高三、四層樓，聳立著粗細不一的透明柱。透明柱爲中空，裡頭有著流水和各式各樣的螢光水生動物。

會議廳正中那臉孔呈現奇異粉紅色澤的瘦高男人，穿著髒舊的襯衫和西裝褲，揚起手，指向上方。

怪異男人右手食指長得嚇人，他似乎將這長指當成指揮棒般，在身後數面寬大黑板和白板上的各式文件資料間指點比劃著。仔細一看，他食指上生著許多細小吸盤，狀似烏賊觸手。

怪異男人叫作「傑夫」，和墨三同爲康諾博士的左右手。

「這大傢伙在陸地上或許不敵聖泉那些重金打造的怪物們，但這次的戰場是在馬里亞納海溝；我們所有部隊，都是因應這海底一萬公尺的絕險環境下打造而成。杜恩即使再怎麼聰明絕頂，也不可能在短時間之內造出超越鯨艦的兵器。」傑夫對著眼前的斐家姊弟說。

「是嗎？」斐姊抆著手，冷冷地說：「當初我們也認為杜恩絕不可能在短時間內仿製蟻虎和飛空阿修羅，但他硬是做到了。」

「聖泉第五研究部的蟻虎？」傑夫呵呵一笑。「斐家惡魔之腸，如雷貫耳。但是仿製蟻虎的難度，和仿製鯨艦的難度，不屬於同一層級。否則，杜恩又何必親身犯險來這鬼地方探索他自己能夠輕易仿製的技術，不是嗎？」

「哼。」斐姊被傑夫這麼反駁，儘管心中不悅，卻也不得不承認他所言確是事實。這些天來，深海神宮派出的魚蝦探子不時傳來最新情報，袁唯規劃已久的「殺戮日」已經展開，打著康諾博士名號的奈落大軍在全球各大城市展開無差別屠殺，袁唯本人在這數天之中則始終未曾露面。

聖泉透過全球新聞媒體放出消息，聲稱袁唯在第五研究本部一戰中遭斐家背叛並伏擊，身負重傷、性命垂危。

然而深海神宮中一干人自然心知肚明，袁唯這次閉關，想來是繼梵天、毗濕奴基因轉殖工程之後，開始對自己進行第三階段，也是最終階段的基因轉殖工程——

濕婆基因。

梵天、毗濕奴和濕婆，典出印度教三相神，是杜恩替袁唯量身打造的專屬基因。創造之神梵天，賦予袁唯極其強悍的肉體能力，並且能夠變化出巨大的金銀外體；維護之神毗濕奴，能夠提供袁唯那巨大金銀外體源源不絕的能量和動力，且具備長生基因的迅速復元能力。

尚未曝光的濕婆，是三相神中的「毀滅之神」。眾人雖然都未親眼見識過濕婆基因的力量，但自然也知道，接受濕婆基因轉殖之後的袁唯，力量必定再次提升到難以估計的境界。

然而，杜恩卻在濕婆基因轉殖的進行過程中與袁唯專屬醫療團分道揚鑣，私自率領一批由南極帶來的親軍往馬里亞納海溝的方向開來，可見杜恩對這第二座聖殿神宮的重視程度。

由此推論，由第二座聖殿神宮技術打造而成的「鯨艦」，乃至於整支深海軍隊，其技術水平自然遠勝第五研究部的蟻虎。

這些天來，斐姊與溫妮等第五研究本部心腹開過許多次小型會議，同意了墨三、傑夫等人提出的合作協議——

第五研究部出資、深海神宮供應技術，兩方共同在全球據點研發新兵器，聯手向袁唯展開反攻。

這數天以來，在深海神宮派往四大洋中的水生探子來回聯繫之下，斐姊已成功將身處深海的消息傳回國外幾處斐家重要據點。這幾處核心據點已展開祕密串聯，一面抵禦袁唯的攻勢，一面集結兵力，準備在約定海域接應斐姊等人。

自然，這樣的合作計畫要順利成真，還得先在三十小時之後擊敗遠道而來的杜恩。

「我有一個問題。」溫妮說：「康諾博士以身作餌，引誘杜恩前來，這點令人佩服，但我相信杜恩有許多方法，能取得康諾博士腦袋裡的各種知識和記憶。」

「針對這一點，康諾博士早有準備。」傑夫回答：「康諾博士在決定親身引誘杜恩之後，便透過腦部手術消除自己全身痛覺，這能讓聖泉放棄對他施以酷刑；再來，我們的腦部改造技術雖然比不上聖泉洗腦科技的精緻和完美，但要消除某些記憶，還是辦得到的。我們除去了康諾博士腦袋裡對於聖殿神宮科技某些關鍵技術的記憶。而且，在這個部分，康諾博士也不會特別掩飾，說不定還會直接和杜恩開誠布公，簡單來說……」

「簡單來說。」溫妮打岔：「康諾扮演的角色，與其說是誘餌，不如說是戰帖。」

「沒錯。」傑夫補充：「這份工作，也只有康諾博士能夠勝任，若換成康諾博士以外的任何人，或許無法成功。康諾博士與杜恩是舊識、是南極計畫的最初合作夥伴，也是少數杜恩看得起的人。康諾博士比任何人都清楚杜恩對於聖殿神宮的著迷程度，只有康諾博士能夠激杜恩離開聖泉那守備森嚴的基地，前往一萬公尺的深海絕境，來親眼瞧瞧他幻想多年的『第二座聖殿神宮』。」

「別說這些瑣事了，你們一共有幾隻鯨艦？」斐姊這麼問。

「只有一隻。」傑夫笑了笑。

「嗯？」斐姊露出難以置信的神情，又問：「你們沒有其他破壞神級別的武器？」

「斐姊，我坦白說。」傑夫說：「我們其實並沒有使用聖泉生物兵器分類方式的習慣，是不是破壞神級別並不是那麼重要，重要的是能不能殺死杜恩。」

「如果杜恩同時派出五隻破壞神朝神宮大門正攻、又派五隻破壞神緊跟在後，你們怎麼擋下他？」溫妮補充追問。

「若是擋不下杜恩的破壞神……那就不擋。」傑夫微笑回答：「重申一次，我們的目的是殺死杜恩，不是擋住他那些凶神惡煞。他那些凶神惡煞再凶，也只能在神宮外頭凶，妳想他捨得放任他那些凶神惡煞進神宮大鬧嗎？」

「你們……」溫妮瞪大眼睛。「你們打算犧牲這座聖殿神宮，和杜恩玉石俱焚？」

「如果必要的話，是的。」傑夫淡淡笑了笑。

「什麼？」斐姊總算會意，明白墨三、傑夫等人的戰術，想來是在神宮之中安裝炸藥之類的毀滅機關，準備與杜恩同歸於盡。她驚訝大喊：「那我們怎麼辦？為什麼你之前不說？」

「這只是其中一個辦法。」傑夫說：「如果我們可以在他抵達『心臟地帶』之前擊敗他，就不必犧牲這座神宮了。況且我們早已準備了完善的逃生計畫，這裡絕大多數的夥伴都會平安撤離這個地方，我們當然不會和那瘋子同歸於盡，否則後續誰來對付袁唯呢？」

「哼……」斐姊見傑夫等這票深海神宮的傢伙，表面上連日與她商討戰情，卻又擅自安排其他計畫，且直到這最後一刻才將實情托出，心中盛怒至極；然則不論如何，她與弟弟、妹妹，以及一批第五研究本部的菁英部屬現在寄人籬下，此時便也不好發作，只能暗暗叫苦。她始終對曾是死敵的康諾人馬有所顧忌，不願接受能夠適應深海水壓的「半魚基因」轉殖工程，因此儘管傑夫聲稱準備了完善的逃亡計畫，但若過程中出了些許差錯，他們姊弟即便擁有強悍的鳳凰基因，在這深海中也插翅難飛。

「你讓你那些魚蝦密探將我們後一批調兵命令帶出之後，才告訴我們一個從未聽說過的作戰計畫。」溫妮冷冷地說：「所以，眞正的撤離地點，並不是先前說好的夏威夷外海。」

「不。」傑夫搖搖頭，笑著說：「我替你們安排的撤離地點確實就是夏威夷外海，不過我們會在中途分道揚鑣，不陪你們度假啦。最後一段路程，你們得自己負責，我們當然也會提供最低限度的工具和護衛。畢竟吶，誰都知道斐家軍武實力，我們這兒絕大多數的戰力，到時候都會用來抵擋杜恩追兵，要是撞上你們向外國政府調來的海軍，要是你們下令槍口調轉，那可麻煩呀。」

「哼哼。」斐姊冷笑兩聲，和溫妮相視一眼，並未反駁傑夫的推論，同意合作是一回事，但逮到機會併吞整個神宮技術的分支計畫，也不時在斐姊的內部會議中被提出且慎重評估過。「你很坦白，很好，我喜歡坦白的人，我最討厭袁唯那樣裝腔作勢的怪胎。有防備是對的，有防備才會謹慎行事。我醜話說在前頭，你們未必看得慣我們斐家行事作風，合作的限度在哪也難說，未來會不會起衝突更難預測，但至少在眼前，我們共同的目標，就是消滅袁唯。」

「我完全同意。」傑夫笑著答。

□

一只擺在小櫃上的電子小鐘，正倒數計時中，顯示的剩餘時間為二十三小時又十七分三十六秒。

「貓……貓兒姊，為什麼妳……可以這麼自在地呼吸呢？」小次郎狼狽地自深水池裡游至岸邊，扶著池壁，嗆咳不止。

他臉龐兩側近頷處，各有一道弧痕，那弧痕此時微微張闔，那是鰓。

更遠處的水裡，豪強連岸邊都游不回來，在水中載浮載沉；他比小次郎還慌張，慌張到甚至變化出巨豬模樣，壯碩的身軀和四肢都長出銳刺，在水中不住掙扎著，反而逼得在一旁試圖協助他的蝦形士兵無法近身。

「你們太怕水了——」貓兒本來距離豪強有十來公尺遠，聽見小次郎問她、又看見豪強的狼狽模樣，頭一沉，潛入水中，倏地游至豪強身旁，接連撥開他慌張蹬來的手腳，跟著托著豪強右脅往上一抬，幫助豪強將腦袋抬出水面。

「小次郎，你看鬼蜥和百佳都比你行。」貓兒指了指不遠處的鬼蜥和百佳，他們在水中游得悠然自在，臉上魚鰓張闔不休，像是生來便長著鰓一般。

「那不一樣，他們……他們……」小次郎不服抗議：「鬼蜥哥跟百佳姊早就失去以前的意識，他們現在什麼都不怕，當然不怕水！」

「沒錯，還有他們也是吶……」豪強一面咳嗽一面附和小次郎，伸手指著另一處弧形水池。那兒的向城和強邦臉上也生著和小次郎等人相同的鰓形構造，此時他倆也順利地在水中潛泳而不必換氣。

「不只是他們。」貓兒哼了哼，捏著小次郎臉頰，逼他轉向另一邊，又將小次郎的腦袋往水裡一按，順著那個方向看去——酒老頭和壽爺及變化出人身的黑風都盤著腿坐在池底，像是在比拚著誰能在水底撐得更久，此時他們似乎都適應了兩天前植入體內的「半魚基因」。

酒老頭和壽爺在水底閉目盤坐超過一小時，中途加入的黑風也坐足了三十分鐘，他們已經懂得使用臉上的鰓來呼吸。

「唔、唔唔！」小次郎的腦袋被貓兒按在水中，浮不出水面，急得張口要叫，卻只喝了滿口水。

「你們再看看，連果果都會用鰓。」貓兒將小次郎稍微提出水面，將他腦袋轉向另一方，果然見到果果和阿嘉也早已學會使用魚鰓呼吸，兩人在水中嬉戲追逐。

「我來教你們好了。」如鈴鐺般的柔美聲音響起，一個二十來歲，身材高挑的妙齡女子自水中游出；她上半身套著一件海藻紮成的緊身上衣，下半身則是一截粉色魚身，她的眼珠是橙色、頭髮是紅棕色，看不出國籍，但顯然不是東方人種。

「雪莉！」豪強眼睛一亮，趁著小次郎被貓兒按在水中，搶先一步拚了命地手划腳蹬，往那叫作雪莉的人魚方向游去。

「你放輕鬆，我捏著你鼻子、你閉緊嘴巴，但同時想像自己還是能夠呼吸。」雪莉這麼說，一手輕輕捏住豪強那只豬鼻子。

「嗷哦——」豪強本來十分厭惡別人碰他鼻子，但此時被雪莉輕捏著鼻子，卻露出一副陶醉愉悅的神情，乖乖閉起嘴巴，按照雪莉的指示，緩緩將腦袋沉入水中。

「小鼠，聽見沒有，發揮你的想像力，想像自己能夠呼吸。」這頭，貓兒望著雪莉，有樣學樣，一把捂住小次郎的口鼻，將他腦袋硬壓進水裡。

「咕嚕、嚕嚕……」小次郎又驚又怒，在水中對著貓兒掄起拳來，但小次郎在陸上便不是貓兒對手，進了水裡，更猶如渾身被綑上了繩子般難以施展；幾記拳頭打得歪歪扭扭，擊在貓兒緊實小腹上，一點作用也沒有。

「笨老鼠，你就這點力氣？」貓兒雙腳一抖，腳掌竟化出有如鰭般的組織，手指指間也生出蹼來，揪著小次郎後頸那撮鼠毛，將他拖進水中更深處。

這小次郎所在的水池雖不寬闊，但深度卻有十數公尺，池側和池底都有與其他水池相連的通道。

小次郎驚怒之餘，也知道要憑蠻力逼退貓兒絕不可能。他見貓兒穿著海藻材質的緊身泳裝，便伸手去抓；心想貓兒不怕拳頭，但終究是女孩，必定怕羞，便心生詭計，舉起手指向豪強那方向。

「怎麼了？」貓兒順著小次郎手指方向望去，只見豪強與雪莉面對著面，緩緩下沉。豪強抱著膝，笑吟吟地閉氣，雪莉輕捏著豪強鼻子，不時在他耳邊輕語，像是在教導他半魚基因的應用訣竅。

小次郎見貓兒轉頭，心想有機可趁，立刻朝著貓兒胸口抓去。

「你這小鬼。」貓兒像是背後長了眼般，瞬間繞到小次郎身側，揪住他那條松鼠尾巴，拖著他繼續往池底沉。

「哇！」小次郎吐出一大團氣泡，低頭只見貓兒雙眼露出惡貓殺氣，且她耳後至肩頭、肩頭至腰間也隱隱生出一排點狀痕，那是能夠敏銳感應水流的「體側線」。半魚基因除了能夠讓大夥兒生出能在水中呼吸的魚鰓之外，也能讓身體化出水生動物某些優勢特徵。

有了這體側線，貓兒即使不瞧小次郎，也能敏銳感應到周遭變化，察覺小次郎的企圖。

「不……公平……咕嚕……」小次郎那大松鼠尾巴被揪著，雙手雙腳亂划亂蹬，仍然被貓兒繼續向下拖，他見到不遠處的豪強儘管也不熟悉魚鰓用法，慫氣慫得滿臉紅通，但與雪莉比手畫腳，一副喜不自勝的模樣。

小次郎只覺得胸口悶得發疼，肺中的氧氣幾乎要耗盡了；索性不再掙扎，面露痛苦、手軟腳軟地裝起死來，只盼貓兒瞧了心軟，帶他返回水面。但突然之間，他感到屁股一涼，原來貓兒摘去了他那條小泳褲。

「哇！」小次郎氣急敗壞地想去搶回泳褲，他在水中手拙腳笨外加慫氣甚久，自然逮不著貓兒。貓兒繞到了小次郎背後，在他耳邊說：「我去叫果果來，讓她看看沒穿衣服的小老鼠長什麼樣子。」

「妳敢！」小次郎猛地一驚，想要攔阻貓兒，只見貓兒雙膝一抖，魚雷似地向上游竄，一瞬間便游出水面，緩緩游往池邊。

小次郎奮力向上划水去追，卻又想起自己光著屁股，要是追了出去，必定要撞著趕來看熱鬧的眾人。尤其他與果果年紀相仿，更不願讓果果瞧見他的糗態，只好趕緊轉向，想從池底其他通道遁逃。

「咕嚕嚕……」小次郎拚命往池底某條通道游去，只覺得胸口愈漸脹痛，能吐的氣幾乎都吐光了。他手腳發軟、腦袋發麻，全身上下像是給吸光了氣力般癱軟；他總算游至池底通道，覺得身體已到達極限，但他頭一抬，見到上頭幾個人影竄來；貓兒當真喊來了果果，帶她來看好戲。果果天生聰慧，比其他人更早便學會用魚鰓呼吸，此時跟在貓兒身後，快速往自己這方向游來。

「哼……」小次郎又是氣惱又是委屈，硬是不願投降示弱，牙一咬，游入那池底通道，往前方出口游，發青的口唇嘴巴喃喃覆誦：「想像自己能呼吸、想像自己還是能呼吸……」

小次郎望著通道出口盡頭的淡淡光芒，只覺那光芒離自己好遠、好遠。

□

「還有十八小時，現在召集神宮研究員和醫療團替你進行治療，成功率極高。這是你最後的機會，你可以考慮一小時。」田綾香這麼說。

「之後有機會再說吧。」狄念祖淡淡笑著，望著眼前那片透明壁面外深邃的水域。

「你得知道，你的力量並不是來自於鍛練，也非來自於正常的強化改造，而是來自於傑克打進你身體裡的急速獸化基因。你每一次的作戰，都會造成肉體上的耗損和負擔。袁唯的醫療團替你進行的治療，暫時抑制了一部分急速獸化基因的效力，加上你體內長生基因的作用，使你的肉體在耗損和恢復上勉強維持平衡，但急速獸化基因不會永遠與你和平共處，它會越來越蠻橫，耗損的幅度會逐漸超過恢復的速度。到那時候，你會衰竭而死。」田綾香說：「眼前的例子，是半魚基因在你體內，幾乎沒有產生任何顯著的效用。」

「我知道，很久之前趙水就和我說過這一點，我現在的力量是濃縮生命換來的結果。」狄念祖和小次郎等人同樣接受了能夠強化水中活動能力的「半魚基因」轉殖工程，但他的臉頰長不出鰓，手和腳也生不出蹼和鰭，身上更沒有能夠感應水流的體側線，除了墨三對狄念祖原本的拳槍進行的強化改造較爲順利外，急速獸化基因會抑制大部分新植入狄念祖體內的異種基因。

「但現在是非常時刻，我可不是窩在家裡，甚至不是踩在平地上，而是在海底一萬公尺的地方。莫莉和我說過，這項治療不但會剝奪我大部分的力量，還得休養很長一段時間。這段期間之內，我除了簡單的生活起居之外，什麼事也不能做，這和死了也沒太大分別吧……」

「重點是這場仗以及接下來的戰爭，你並不用參與，你爲我們做的夠多了。」田綾香說：「如果順利的話，我們會帶你逃出這裡，我們會替你安排安全的藏身處，直到整場戰爭結束。」

「如果順利的話……」狄念祖乾笑兩聲。「可惜我不覺得會那麼順利，我不是一個喜歡打架的人，但經歷過一次又一次的生死關頭之後，現在我最相信的東西，還是自己的身體。」

「其實你是擔心一旦失去力量，就無法保護那女僕了吧。」田綾香淡淡一笑。

「是啊。」狄念祖攤了攤手，大方地點頭。他知道斐家姊弟和大堂哥這筆爛帳絕難善了，一旦斐家姊弟要「處置」大堂哥，身爲女僕的月光自然無法置之不理；那時會出現什麼樣的衝突，可絕難想像。

這些天他在月光昏睡的時候，想過許多辦法，卻都難以實行。

好消息是，不久之前，他在那練習池上方小廳裡和月光並坐著閒談了許久，月光一次也沒有提及她的王子，反倒聊了許多往事，以及在離開深海之後想去的地方；包括他們相遇的山水宿舍。

也就是說，狄念祖等人和斐姊會在十數個小時之後搭乘不同的逃生設備，前往不同的方向，只要讓月光在這段時間裡保持心情平靜，和自己搭上同一艘逃生設備，她與斐家的潛在衝突便不會發生了。

自然，狄念祖在這段時間內必須擁有力量，至少在最壞的情形之下，也可以強行介入，用武力來解決某些紛爭。

「我媽媽死了、爸爸也死了，現在整個世界被袁唯搞得亂七八糟，我以前的同學和朋友是不是還活著我都不清楚。對我來說，現在能夠引起我的興趣的事情只有兩件。其中一件事，就是和她在一起，看著她笑、陪著她一起笑。」

「另一件事呢？」田綾香問。

「另一件事，就是把袁唯那個自以爲是神的傢伙揪出來，用我的拳頭打扁他的鼻子、打歪他的嘴巴，我聽膩他那種自我陶醉的廢話了，我要讓他再也說不出那些噁心的話。」狄念祖捏了捏拳頭。

「這一點，我同意。」田綾香點點頭，轉身準備離去。「不論如何，你已是大人，有權決定自己的未來。基於許多因素，不論你做什麼，我們寧靜基地這些夥伴，會盡一切力量支援你。」

「這些『因素』當中，有包括與我爸爸有關的因素嗎？」狄念祖打著哈哈問。

「可能有吧。」田綾香並未轉頭，哼哼地笑了笑，一拐一拐地走遠。

「不論如何，謝了。」狄念祖望著田綾香離去的背影，突然之間覺得一點也不想弄清楚她和爸爸以及媽媽過去發生的事了，反正那也是他們之間的事，比起他們，自己現在的處境，似乎更傷腦筋些。

CH03 石魚

這寬闊青灰色大室內部構造奇特，在分成了數個區域的工作平台之間，聳立著一柱柱管狀升降梯。那些升降梯構造簡單，頂端和底端各是一處圓洞，圓洞周圍立著三至四根筆直柱子；數條不知是什麼材質的纜繩拉動著一片圓形平台，以那三、四根筆直柱子作爲軌道，上下載運人員和貨物。

此時距離杜恩大軍開到，只剩下不到兩小時，寬闊大室之中擠滿了人，或者忙碌地搬運物資、或者三五成群地商討要事；這裡是深海神宮的逃生室，位於神宮後端底層處。

逃生室其中一側壁面，乍看之下狀似局部放大的蜂巢一角，整面牆上遍布著十數個巨大近六角形洞口。那些洞口大小不一，直徑多在三公尺至六公尺之間，所有洞口裡面約一公尺處，都擋著一道軟體動物牆。

一陣嗡嗡轟轟的聲響由遠至近地透過那十餘個六角洞口傳出。

擋在洞口內處的軟體動物牆緩緩隆起，且逐漸出現了裂口，冒出了巨大的魚頭。

那些巨大魚頭兩顆眼睛灰濁暗沉，乍看之下，通體由鱗至鰭、從鰓到腹，表面都是近似石質的灰黑色。

這些大小不一的魚頭穿破軟牆，向外延伸數公尺，大嘴紛紛張開——最小的魚頭，一張口也比尋常住宅房門還大上一些；最大的魚頭，嘴巴一張，可比大型貨櫃車箱還要寬大。

工作平台上忙碌的人群立時架起鐵梯，將一箱箱貨物、資料往這些石魚嘴裡運送。

林勝舟、莫莉等人領著麥老大、向城和強邦攀上鐵梯，一一步入石魚口裡。

麥老大當年協助康諾逃出南極基地，卻因與白牙等人理念不合，帶領著一票古物種脫離康諾反抗軍，遁入三號禁區。儘管如此，麥老大終究是大夥們的恩人，墨三、傑夫、白牙幾經討論之後，決定不讓遭受重度洗腦而神智不清的麥老大參與這次作戰，而是將麥老大交由田綾香帶回後方據點安頓；而同樣遭受重度洗腦、完全依靠狄念祖指示行動的向城和強邦，在狄念祖體內的半魚基因發揮不了作用而無法參戰的情況下，也被安排搭上逃生石魚。

這些逃生石魚體型如同鯨豚，在那如石似鐵的外皮底下，肉身堅韌至極卻又異常單薄，因此體內空間十分寬敞，塞著一個作爲運輸座艙的異化胃袋。這異化胃袋經過改裝，空間差不多介於小型巴士到大型遊覽車之間，設有一排排簡易座椅、載運精密貨物的特殊貨架，以及氧氣設備。

深海神宮本身雖然也能在水中移動，但畢竟體積龐大，康諾人馬數年之間在這深海神宮研發各式科技和兵器，過程中使用的器材設備、糧食藥品、人員等，都是利用這些石魚往返載送。

「聖美、聖美……」麥老大雙腕上銬著與月光相同的抑制手環，這些手環有數道鎖入骨肉的機關，會持續釋出能夠抑制肉體力量的特殊藥液。

這手環必須以專門工具才能取下，倘若用蠻力破壞，手環中的藥液會瞬間釋放，使人瞬間癱軟。

「聖美在哪兒？」麥老大搖搖晃晃地左顧右盼，盯著身旁的莫莉好半晌，這才說：「妳不是聖美，聖美在哪兒？」

「她一會兒就來陪你。」莫莉扶著麥老大坐下，替他雙肩和腰際繫上安全帶——三條堅韌藻類材質的繩索。

「不，我現在就要見她。」麥老大發起怒來，伸手扯動那三條安全帶，但此時他在抑制手環的效力控制下，力氣和尋常人類一般，自然扯不斷這特製安全帶。「這啥東西，怎這麼難纏，你們為啥綁著我？說！你們是誰？有啥目的？你們將聖美藏去哪兒啦？」

「……」莫莉極力安撫著麥老大，但只覺得這麥老大雖然使不出力，但任他這樣吵鬧下去可也不行，只得拉來了林勝舟，和他商量起來。「老林，麥老大再這樣下去不是辦法，你口才好，能不能和斐姊商量一下，讓聖美坐我們這艘船。」

「聖美？妳說斐家那女僕？」林勝舟瞪大眼睛。「那是斐家人馬，我哪敢去要？再說他們撤離的地方跟我們又不一樣，坐我們這艘，妳教人家怎麼回去？游過整片海嗎？」

「回不去，乾脆別回去。」莫莉搖搖頭，朝著斐家人員那兒呶了呶嘴，只見聖美雙手上同樣銬著手環，神情黯然地佇在角落，有幾名斐家人員守著，彷彿戰俘一般。

「你覺得她跟斐家走，還活得成嗎？」莫莉這麼說：「斐姊打從心底瞧不起那些女奴。你看看，旁邊那袁正男的表情就像是知道自己必死無疑，斐姊會將他生吞活剝。聖美是袁正男老爸名義上的乾女兒，等於是袁正男乾妹妹，你想斐姊會怎麼對她？」

「就是因為那女僕的身分特殊，我憑什麼去要人吶？」林勝舟攤了攤手，苦笑說：

「斐姊可沒那麼大方，要是她開出一堆條件，妳說我能作主嗎？」

「你不試試怎麼知道？」莫莉皺起眉頭，顯出怒容。「你只是怕事嫌麻煩而已！」

「是啊。」林勝舟翻了個白眼，說：「我就是怕事嫌麻煩，怎樣，妳不怕妳去要啊。」

「我去就我去。」莫莉氣鼓鼓地跺了跺腳，扠起手就往斐家那堆人走去，又被林勝舟拉了回來。

「妳……別亂來啊！」林勝舟苦勸著她：「好歹跟小田商量，讓小田出面，至少面子也大點嘛，讓妳開口，沒打起來就不錯啦。」

「再不然讓狄念祖去說。」莫莉見到無所事事、閒在一旁舒伸筋骨的狄念祖，便說：「狄念祖和斐家人似乎比較熟，讓他去講，他在第五研究本部不是立下一堆功勞嗎？」

「妳也太爲難念祖了吧！」林勝舟拍了拍額頭，知道自己阻止不了莫莉，正東張西望想找田綾香幫腔，但莫莉已朝狄念祖奔去，連聲喊他。

狄念祖在急速獸化基因的抑制之下，體內的半魚基因起不了作用，使他無法抵禦深海水壓，只能帶著月光與小侍衛們待在這逃生室裡待命，準備和寧靜基地成員一同撤退。

「什麼？」狄念祖聽見莫莉求助，瞥了不遠處的月光一眼。月光正與果果閒聊那些她記起來的往事，兩人聊到阿囚，都不免露出哀傷的神情。

「這……」狄念祖望向聖美，知道如同莫莉所言，聖美在第五研究部一戰中聽命袁唯來搶大堂哥袁正男，等同與斐姊爲敵。自然，這條罪可輕可重，但這大堂哥落在斐姊手上，肯定不會好過；聖美的女僕完成度比月光更高，可是完美成品，自然絕不可能坐視大堂哥受刑；別說動手，光是一句反抗的話，那便是死路一條了。

然而狄念祖一時間卻也不知用什麼方法向斐姊要人。他可不願讓這小紛爭擴大。月光甦醒之後，從未在他面前提及她的王子，狄念祖猜想或許跟刺殺自己那命令是大堂哥下達的，讓月光心有愧疚之故；二來月光並不清楚大堂哥在第五研究本部的反叛過程，自然也不曉得大堂哥接下來面臨的慘境，因此至今並無太大的反應。

但若月光得悉聖美處境，那麼必然也會知道大堂哥的處境，屆時會發生什麼事，那可難說。

「嗯……」狄念祖爲難地抓了半晌頭，突然問：「對了，妳趕快幫月光取下手環。」

「咦？爲什麼？」莫莉呆了呆。「你不怕她……」

「沒差，她打不過我。」狄念祖思緒混亂，隱隱感到接下來這兩小時或許沒有自己盼望中那樣平安順遂。「我覺得要讓她有自保的力量。」

「哦。」莫莉點點頭，從口袋中取出一把古怪鑰匙，拍了拍狄念祖肩膀，指著月光。「我大概能夠明白你擔心的事情，不如讓她先上石魚，我們再來想辦法。」

「好。」狄念祖連連點頭，只盼趕快將月光帶離斐家那群人，越遠越好。

狄念祖和莫莉朝月光走去，莫莉向月光揚了揚手上那鑰匙，說：「手伸出來吧。」

「咦？」月光有些遲疑，看了狄念祖一眼。

「怎麼？」莫莉呵呵笑地調侃月光：「想揍他啊。」

「不。」月光正經地搖搖頭。「不，我不會傷害狄，我沒有理由傷害他。」

「很好。」狄念祖哈哈一笑，轉頭問莫莉：「取下手環之後，要多久才能恢復力量？」

「大約五分鐘左右吧。」莫莉這麼說。

「這麼快？」狄念祖不禁有些咋舌，先前他在第五研究本部胳臂上那抑制力量的注射器取下之後，可是足足等上許多時間才逐漸恢復力量。他將這段過程向莫莉簡單地敘述了一遍。

「運作方式不同嘛。」莫莉隨口應著，拉起月光的手，將那古怪鑰匙插入抑制手環上一處扁型洞孔中；鑰匙上數個針孔大小的燈號閃爍幾下，抑制手環上也亮起幾處光點，那光點由紅轉青，而後緩緩暗去；喀啦一聲，手環開出一條縫，莫莉輕輕一拉，便將那手環揭開，接著再取下另一只手環。

「……」月光輕輕撫了撫手腕，有些欣喜，又有些擔憂。莫莉和狄念祖領著月光和眾小侍衛、果果及阿嘉，一同登上那寧靜基地成員專屬的逃生石魚。

「聖美、聖美怎麼還沒來？」麥老大沙啞嘶吼著，強邦坐在麥老大正對面，一動也不動地盯著麥老大瞧。

「小子，你看什麼？你不知道我是誰？」麥老大像是不滿強邦的視線已久，他伸出一雙枯瘦長臂，一手指著強邦，另一手指著同樣望著自己的向城，惱怒地說：「報上名來，兩個小子，你們看著我幹啥？聖美上哪去啦？是不是被你們抓走啦？」

狄念祖一聽麥老大說話，登時感到不妙，心想若這麥老大不停提及聖美，只會惹得月光心思全往斐家那夥人身上跑。他靈機一動，便開口說：「麥老大，他們不是敵人，是你的手下。」狄念祖不等麥老大答話，立刻望著向城和強邦，說：「你們兩個，向麥老大問好。」

「麥老大好。」向城和強邦猶如機械人般地向麥老大鞠了個躬。

「什麼？」麥老大呆了呆，一下子不知該做何反應。「他們是我手下？什麼手下？我怎麼不認得？」

「是你老弟麥二收的手下。」狄念祖說：「我們現在準備出發回三號禁區，聖美也往那去，她會在那裡等你。我知道你想見她。」

「是啊，我很想見她……」麥老大連連點頭，突然問：「麥二收的手下？麥二上哪去啦？我老弟上哪去啦？」

「他去打威坎啦。」

「打威坎？他打威坎幹嘛？威坎幹了啥事我老弟要打他？」

「威坎造反啦。他勾結聖泉的袁唯，派人在你麥老大食物裡下藥；趁你神智不清，帶人在三號禁區裡搗亂，搞得天翻地覆，自立稱王，說要扒了你的皮呀。」

「什麼——」麥老大聽狄念祖隨口編造出威坎一堆罪名，登時氣得七竅生煙，鬍鬚豎起，雙眼爆射出濃濃殺意。

「呃！」狄念祖被麥老大這凶厲眼神嚇著，心想儘管麥老大戴著抑制手環，但凡事總怕萬一，要是出了個差錯，惹得麥老大爆發起來，麻煩可大了。他本來還想編造一些威坎調戲聖美之類的罪名，此時可不敢再激麥老大，開始思索起如何安撫他的情緒。

「麥老大，你冷靜點……」

「對我下藥？威坎對我下了什麼藥？」麥老大怒吼。

「讓你渾身沒力氣的藥。」狄念祖指著麥老大身上那三條安全帶，說：「看，是不是，這麼細的繩子也能綑著你，就是因爲你現在使不上力氣……現在三號禁區沒了你麥老大，再也沒人攔得了威坎啦。」

「誰說沒人攔得了他，我攔得了他！」麥老大怒氣沖沖地罵：「我老弟麥二也能輕易殺了他！這什麼鬼地方，綁著我幹啥？我要去宰了威坎！」

「別急呀，我們正趕過去呢……」狄念祖指著那安全帶，皺眉說：「我們不是綁著你，這是替你醫病呀，這……這地方是醫療艙，是我們從聖泉基地裡搶來的，大夥都受了傷，這東西能夠治好我們身上的傷，待會才好去打威坎呀……」

「什麼？」麥老大吹著鬍子瞪眼睛，東張西望半晌，氣呼呼地指著其他寧靜基地成員和向城、強邦等人說：「那爲什麼這麼多人只綁我一個？」

「不是綁你，這是治療工具，大家都要繫上這東西，是尊敬你麥老大，才讓你先用呀！」狄念祖隨口胡謅，一面轉頭對莫莉說：「快幫其他人繫上治療帶呀，趕快治好，趕快過去打威坎……」

「……」莫莉雖然聽狄念祖一番話滑稽荒唐，但既然能讓麥老大轉移注意力，便也樂得配合。她立時替向城和強邦也繫上安全帶，其他幾個寧靜基地成員也各自繫上安全帶。

「你怎麼不綁自己？」麥老大怒瞪著狄念祖。

「我……我沒受傷，我是張經理的人，來幫忙一起打威坎呀……麥老大你別氣壞身子，你渴不渴？想吃點什麼……」狄念祖胡亂說著，一面轉頭低聲對莫莉說：「這深海神宮不會連個鎮靜劑、安眠藥之類的東西都沒有吧？想辦法弄點來啊。」

「好，我去準備……輪到你想點辦法，幫幫另一個女僕囉，別大小眼只顧著這個。」莫莉嘿嘿笑著，朝著月光呶了呶嘴。

「我沒那麼貪心。」狄念祖攤了攤手，只見月光一臉茫然地望著自己，像是有滿腹疑問，便趕忙上前，指揮他們各自坐下，他見月光似乎有話想問，便對月光說：「有什麼事上去之後再說，這些逃生石魚很快就要出發了。」

「狄大哥，你別擔心，這裡有我。」果果向狄念祖使了個眼色，又拉了拉月光的胳臂。

「全靠妳了。」狄念祖誠摯地向果果合了合掌，表示萬事拜託。

果果儘管年幼，但有顆超齡腦袋，在第五研究本部時就常受狄念祖請託去和月光閒聊，試著讓月光憶起往事。這段日子以來，月光、狄念祖、王子、王子那正宮老婆斐霏之間的複雜糾葛，果果也看得一清二楚。數小時前，狄念祖安排了個任務給月光，要月光負責照顧果果，實際上卻是請果果拖住月光，最好是讓月光別有心思去想王子的事。

狄念祖說完，轉身走出魚嘴，攀下鐵梯，一面思索著該如何向斐姊要人。雖然他和聖美並無交情，甚至敵對戰鬥過，但或許聖美有著與月光相同的出身和不得不聽命行事的原因，這也讓狄念祖多少生起了些相助的念頭。

另一方面，強悍無匹的麥老大現在只聽聖美的話，倘若能讓聖美加入己方，那麼便能輕易地馴服麥老大。他倆力量相加，也算是討伐袁唯的一大助力。

「但……眞要幫她，也是困難重重呀。」狄念祖站在逃生石魚旁，皺眉扠手思索半天，也想不出個好辦法。他知道溫妮、斐姊先前對自己算是禮遇，那是因爲他那時還有利用價値，現在他們即將分道揚鑣，以後也沒太大功用，斐姊正因爲深海神宮自作主張的戰術積著一肚子怒氣無處發洩，現在過去要人，只怕碰一鼻子灰。

況且，即便眞的討來了聖美，又要如何對月光說明這其中原由？只怕一見到聖美，會讓月光意識到她那王子的處境或許不佳，那樣一來，月光或許不會像現在這般平靜坐視。

狄念祖偷偷瞥向斐家人員那方向，遠遠只感到斐姊周邊瀰漫著一股肅殺之氣，此時斐姊正領著幾名高階人員，商討著抵達海外據點之後的反攻大計。

另一邊，氣氛截然不同，那裡有一張小桌子，三個人坐成一圈——

斐霏、聖美、大堂哥。

三人神情黯然、面如死灰；他們手上都戴著抑制手環，而聖美的小侍衛寶兒和玉兒因爲能夠自由變形，無法以抑制手環控制，所以被禁錮在特製金屬箱中，擺在聖美身旁地上，鑰匙則由隨行研究員保管。

「什麼？將他扔去餵蟻虎？之前不是說他身體裡有『海怪』，餵蟻虎太浪費了吧。」斐少強的說話聲，自不遠處宏亮地響起。

斐漢隆雖好爭鬥，但對涉及各國政情的嚴肅會議不感興趣，便與弟弟閒聊瞎扯些返回自己地盤之後懲治大堂哥的方法。

斐漢隆冷笑著說：「大姊和深海神宮的人達成協議，我們出錢出力、他們供應技術，上去之後，他們會提供完整的海怪基因樣本和製作方法供我們研究、量產，這傢伙沒用處啦。」

「有用處呀，他姓袁。」

「姓袁又怎樣？」

「大姊說要順利整合全球第五研究部，還是得靠著袁正男的名字。」斐少強這麼說。

「等我們回到地上，動用資源發展這深海神宮裡的技術，等成果出來，那些牆頭草誰還記得袁正男。」斐漢隆哼哼地說：「怎麼，你還認他作姊夫？」

「不。」斐少強聳聳肩，不置可否地說：「他是死是活，我都沒意見，我是怕二姊難過。」

「難過？現在她或許會難過吧，但等我們上去了，召集一批頂尖醫療團隊，將她腦袋裡那些垃圾想法清乾淨，她就會知道這段時間自己有多麼愚蠢。到那時候，她不親手撕了袁正男才怪，我們想攔都攔不住囉。」斐漢隆說到這裡，頓了頓，轉頭瞪著斐霏冷笑幾聲。他脾氣暴烈如火，得悉第五研究本部一切動亂，起因是他向來瞧不起的大堂哥，可恨不得將他拆筋斷骨。

但就如斐少強所言，大堂哥終究是第五研究部檯面上老闆，斐家要完全掌握第五研究本部各國據點，還是得賴著這袁家姓氏；另一方面，斐漢隆總也是看在斐霏情面，顧及她傷勢未癒，又一心偏著丈夫，只好忍住一把掐死大堂哥的衝動。但他性情不若斐姊穩重，行爲是控制住了，嘴巴卻難以壓抑，逮著機會便對著大堂哥威嚇或是酸諷一番。

「那也得治得好才行呀……」斐少強嘆了口氣，他的心思比起哥哥斐漢隆稍細膩些，知道倘若斐霏這洗腦的結果若是無法治癒，凌虐大堂哥，便等同凌虐斐霏一般。

「……」斐霏青著臉站起身來，不願繼續聽斐漢隆那些酸諷言語，儘管在第五研究部中她的權威高過斐漢隆，但這次事件錯在自己，毫無辯解餘地。

這些天來，在她苦苦哀求之下，斐姊同意暫不處置大堂哥，但條件是她得配合斐姊後續安排的一切腦部治療；斐漢隆也看在她求情之下，忍住不對大堂哥動手動腳，僅不時吐些酸言酸語宣洩一番，斐霏也只能裝作沒聽見。

斐霏獨自走到一處人較少的地方，望著幾根透明管柱。深海神宮中有許多粗細不一的透明柱子，裡頭是流水和會發光的水中生物，這些管柱四通八達，裡頭的小魚小蝦能夠自在悠游到任何地方，甚至是神宮外的海域。

「斐霏姊。」溫妮不知何時來到斐霏身旁，將一杯飲料遞給斐霏。「妳別想太多，一切都會變好的。」

斐霏望著手中那杯散發著淡淡香氣的青藍色飲料，那是深海神宮中幾款特調冷飲之一，成分是數種特別栽植出的藻類和水草混合製成的飲料，美味且營養。

「斐姊已經答應，將袁先生交由妳處置。妳讓他生他就生，妳要他死他就死，一切由妳決定。」溫妮說：「兩位少爺自然對袁正男沒有好話，但斐姊既然已做出決定，他們不會擅自妄爲的，妳不必太擔心袁先生，妳的傷勢並未完全康復，得靜心休養。」

「溫妮……」斐霏淡淡地問：「之前我那樣對妳，妳不氣我？」

「斐霏姊。」溫妮搖搖頭，說：「我的使命就是侍奉斐家，只要是對斐家好的事情，即便犧牲生命，我也會不顧一切完成，並沒有個人情緒的成分存在。」

「妳愛過人嗎？」斐霏突然這麼問：「我不是指對我們斐家這種愛，而是愛情。」

「愛情。」溫妮呆了呆，笑著說：「我知道這個詞彙的意思，但在我的身體裡究竟具不具備這種東西，恐怕得問那些將我製造出來的頂尖研究員了。」

「也對……」斐霏長長吁了口氣，微微側頭，說：「這些紛紛擾擾的起因，其實都是我們自己……如果……如果……」

斐霏連續說了幾次「如果」之後，又瞥頭看了大堂哥幾眼，緩緩閉起眼睛，不再多言。

CH04 開戰

「小鼠、小鼠。」豪強輕輕拍著小次郎的臉。「開戰啦，你打不打？」

小次郎恍恍惚惚地睜開眼睛，坐起身來，喃喃地問：「什麼？」

「我說，開戰啦。」豪強揚了揚手中那柄石戟，說：「杜恩大軍來了。」

「什麼！」小次郎這才一驚，吆喝一聲自床上彈起，望向擺在櫃上一只倒數計時中的時鐘，只見上頭的數字已經歸零，氣呼呼地叫嚷起來：「怎麼不早叫醒我，我還要準備和熱身呀！」

小次郎嚷嚷不休，突然一呆，像是想起了什麼，連忙低頭看向自己腿間，只見自己此時下身穿著一件海藻小短褲、上身也套著一件海藻背心，卻不知道是誰替他換上的。

「貓兒——」小次郎想起不久前貓兒在水中硬將他拉至水底，還脫去他的小泳褲，不由得勃然大怒，怒吼一聲，高高躍起，東張西望像是想要向貓兒尋仇。但這房內除了豪強和自己外，便只剩提著一瓶白酒自斟自飲的酒老頭。

「貓兒不在這裡，大家已經在各自的責任區埋伏啦。」豪強這麼說。

「爲什麼不叫醒我？」小次郎氣急敗壞地躍下床，從床下翻出他那包自第五研究本部帶出的刀械，他將自製的刀袋綁上身，將一柄柄短刀插進刀袋。

「省省吧。」酒老頭提著酒瓶，搖搖晃晃地走來，一把拎起小次郎，將他提到一張桌旁扔下，桌上擺著一盆清水。「你試試能不能用鰓呼吸？」

「什麼？」小次郎咦了一聲，問：「這什麼意思？」

「什麼意思？」豪強一面穿戴著甲殼護臂，一面回頭說：「小鼠，你忘記我們在哪兒了？我們在海底，這次我們打的是水仗，你換不了氣，在水裡被貓兒脫去褲子就嚇昏了，能跟誰打？」

「誰嚇昏啦，我是憋氣憋昏的，那野貓差點殺了我！」小次郎聽豪強這麼講，知道自己光著屁股昏倒在池底水道這件事必定傳進了每個人的耳裡，登時氣得七竅生煙，破口大罵。

「少囉哩吧唆，快試試能不能用鰓呼吸！」酒老瞪著眼睛，照著小次郎的後腦杓拍了一掌。「行的話才帶你上戰場，不行的話，就給我滾去陪狄念祖。」

「……」小次郎儘管心有不甘，但也知道身體裡的半魚基因能不能發揮作用，關乎他能不能參與這場戰役——半魚基因能夠讓身體臟器在入水時逐漸充滿液體，避免在深海水壓之下給擠壞了五臟六腑。

小次郎抿起嘴、閉著氣，將臉埋入水中。

起初三十秒，小次郎習慣性憋著氣，四十秒、五十秒過去了，小次郎還是硬撐。他開始漸漸感到難受，不久之前那股熟悉的窒息感又重現，他咬緊牙關，死也不抬頭。

漸漸地，他覺得不那麼難受了，不知從什麼時候開始，他臉頰兩側的鰓痕開始有模有樣地起伏起來。他睜開眼睛，用眼角餘光瞥著臉頰鰓痕的動作，還將手伸進盆中，輕輕撫摸著臉。

「你昏倒時，已經學會了。」酒老頭這麼說。「貓兒將你帶回池邊，守著你，看你在水中呼吸好一陣子，讓你的身體習慣用魚鰓呼吸，才抱著你回來，你得謝謝她。」

「哼……」小次郎抬起腦袋，抹抹臉，望著酒老頭和豪強，嚷嚷喊著：「好，現在我學會呼吸了，快帶我去跟大家會合，我要戰鬥！」

「戰鬥？」豪強將一副小一號的貝殼護具塞進小次郎懷中，說：「先保護好自己吧！」

「保護自己？那有什麼難，我要宰幾隻夜叉、宰幾隻羅剎、宰幾隻阿修羅，最好再讓我宰隻破壞神，媽的！」小次郎毛躁地將貝殼護具穿戴上身，蹦蹦跳跳地跟著酒老頭和豪強趕往目的地。

經過許多個轉折繞道、數分鐘路程之後，豪強等轉入一間小房間。小次郎呆了呆，只見那小房間僅有數坪大，內部呈不規則弧形，其中一面牆嵌著一塊寬闊透明壁，能清楚見到神宮外頭的深邃水景。壽爺、貓兒、鬼蜥、百佳、黑風都在房中，或倚牆站著、或盤腿坐著，身上大都穿戴上了甲殼護具和慣用武器。

「貓兒！」小次郎見貓兒交叉著手瞅著他笑，捏著拳頭奔到貓兒面前，咬牙切齒地瞪著她。

「醒啦？」貓兒扠著手，淡淡地說：「睡飽了嗎？」

「妳……妳爲什麼脫我褲子！」小次郎大叫。

「我不激你，你怎麼學得會用鰓呼吸？在這深海裡你不懂呼吸，不是死路一條嗎？」貓兒笑著聳聳肩。

「妳可以用其他方法！」小次郎大叫。

「其他方法這些天都試過了，不管用嘛。」貓兒攤攤手。

「妳眞的帶果果來看我……」小次郎氣呼呼地罵：「沒穿褲子的樣子嗎？」

「是呀！」貓兒哈哈一笑：「她笑得闔不攏嘴。」

「妳這隻臭貓——」小次郎怒喝一聲，撲向貓兒要和她拚命，但貓兒在水裡快，在陸上更快，小次郎撲了個空，撲在牆上；他雙腳蹬著牆，反身猛力一彈，對準貓兒的腦袋就甩來一記旋踢。

貓兒略仰了仰頭，閃過小次郎這記旋踢。小次郎落地，還想追打，但頭頂澆下冰冷刺骨的海水，嚇得他向後一彈，抬起頭來，只見那水是從天花板上幾處洞孔淋下來的。

「怎麼了！」小次郎訝異地望著天花板。

「我勸你把踢我的力氣省下來，等著踢聖泉的夜叉吧。」貓兒豎起拇指，指了指透明房中的壁面。

「嗯？」小次郎來到透明壁面前，向外看去，只見此時外頭水色視野極佳，碩大的鮟鱇魚帶著一批能夠發光的魚群以及浮游生物，將聖殿神宮前方數十公尺照得亮如白晝。

整座深海神宮佔地數千坪，高度接近十五層樓，呈現不規則山形；而神宮內部的透明壁面，從外面看起來卻是一整片土灰色石質色澤，猶如一座巨大假山造景，壁上覆著近百隻巨型章魚。

此時神宮前方五處入口外的沙地，群聚著上千隻巨型螃蟹。牠們的蟹螯看來巨大且強韌；螃蟹上方水域，數百隻巨型卡達蝦緩緩漂游著；種類繁多的大小魚群們，此時不分品種，衛星般地緩緩游繞在整座聖殿神宮四周。

數百名手持甲殼材質的人形蝦蟹士兵混雜在魚群環繞的內側，負責指揮調度這些蝦蟹和魚兒大軍。

神宮正上方數十公尺處，以「鯨艦」為首的魚群守軍中，混雜著鯊魚、鯨豚、巨型烏賊和巨大化的魟魚等數十種海洋大軍。

鯨艦下方不遠處，白牙手持一柄尖銳長叉，威風凜凜地踩在一隻巨大青色烏賊身上。那青色烏賊渾身綻放著淡淡青森螢光，身上綑著數條繩索，繩索一端由白牙單手握著，看起來如同白牙的坐騎。

「那是什麼？」小次郎呆了呆，只見百來公尺外，隱隱出現大隊人影浮在沙地上方，似游似走地向聖殿神宮方向緩緩推進；人影底下，則有更多細碎小影快速竄前。

「那是……那是……」小次郎定睛細看，總算瞧見那些密密麻麻湧過人影的大片東西，是蟻虎。

「是大螞蟻啊——」小次郎不敢置信地叫嚷起來，指著逐漸逼近神宮的大隊：「大螞蟻竟然下了水，還是來到深海裡頭……啊呀，不只大螞蟻，還有……還有，那是什麼，是大蜥蜴呀！」

大隊人影緩緩朝神宮逼來，人影有大有小，有兩公尺上下的阿修羅，阿修羅膚色各異，有些渾身烏黑、眼瞳灰白，有些遍體藍紋、滿嘴獠牙。他們雙肩上下那標誌六臂除了正常兩肢維持人臂模樣之外，其餘四臂則爲帶刺帶刃的黏長觸手，這批阿修羅顯然全是爲了水下作戰特製而出的水戰阿修羅。

接近一般人體型的傢伙們，有些身披鱗片、有些皮膚黏滑，但外觀模樣大致上都能看出是以夜叉和鳥人羅剎爲原型打造的改良型水中兵種。

水夜叉的後足寬扁，像是穿上了蛙鞋；本來的專屬西裝裝扮，此時全脫得精光，赤身裸體，皮膚黏滑如同泥鰍；那以鳥人爲基礎改良而成的「鴨人」，後足的鳥爪指間生出了蹼，變成了鴨掌，一身羽毛轉變爲鱗片；背後那雙大翅，也變爲尖長觸手或是能夠增加水中行進能力的鰭狀組織，手上倒還是持著鳥人專用的尖叉。

竄過阿修羅、水夜叉和鴨人腳下甚至腰間那大批衝鋒部隊，有些是二度改良型的蟻虎，有體型一般的蟻虎，也有山豬大小的巨大特化兵蟻，牠們的動作和外型與在陸地上時沒有太大差異。

在蟻虎之外，還有更多各式各樣的水中羅剎。有些外型接近科莫多龍，體色五花八門；有的似蛛似蟹，卻長著古怪觸手；有看不出像什麼的巨型昆蟲、也有體膚溜滑的獅虎山獸。

這批羅剎大軍中，也不缺水中生物，有大大小小的異化食人魚，有漆黑或是生長怪刺的烏賊、章魚等頭足綱動物；還有十數公尺長的怪鰻。

更後頭，有四隻身長超過四十公尺、紅黑相間的巨鯊。

神宮中透明壁前的小次郎等人，一見遠方那幾個巨大紅色身影，立時便知道那必定是破壞神級的兵器。

豪強與小次郎面面相覷。杜恩這批大軍不僅種類繁複，且完成度皆高，不但不受深海水壓影響，在水中動作也流暢自然，顯然並非臨時打造而成的雜牌軍。

喀啦幾聲機關聲響，天花板上現出幾處孔洞，滾滾流水洩了下來。小次郎吃了一驚，本能地躍上牆，翻身一盪，攀著一處窗溝，避開幾股水流，只聞到濃濃的海水腥鹹氣味。但見酒老頭、貓兒等人全站定了不動，任由冰涼海水淋在身上，豪強甚至盤坐下來，自地上掬起水往頭上淋。

同時，更多海水自小房門外湧湧灌入，房中水位越積越高，彷彿整座聖殿神宮都淹入了大水。

「你還是怕水？」貓兒斜斜睨視著小次郎。

「不怕！」小次郎哼了哼，翻了個跟斗落下地，冰涼海水已經淹至他腰際。「我只是暖暖身。」

酒老頭不知何時來到小次郎身後，伸出那隻老手，拍了拍小次郎的腦袋，對他說：「小鼠兒，這場仗恐怕是我們這些傢伙犯難至今，最凶險的一場仗。以前大夥兒總是把你當小弟弟照顧，待會兒大家恐怕顧不了你，你得自己照顧自己啦。」

「……」小次郎呆了呆，酒老頭此時神情雖然冷峻，但說話語氣卻異常溫和。他從未聽過酒老頭用這語氣和自己說話，一時極難適應，想說些鼓舞激勵的話打破這尷尬沉默，卻又哽在喉間說不出口。

他轉頭，只見一旁的貓兒仰起頭、閉起眼睛，肩頭隱隱浮現體側線的痕跡；豪強抖起豬鼻子，臉上的魚鰓不住閉合；壽爺不停摩挲雙掌，雙掌發出淡淡紅光；百佳歪著腦袋，乍看之下全無反應，但她臉上也緩緩現出鰓痕；黑風反而由壯碩人身轉變回大犬模樣，四隻爪子緩緩變化，近似蛙足；鬼蜥最是興奮，此時他的身子已經遠離人形，變成一頭長腿蜥蜴，在眾人身邊游了起來，嘴一張，是生滿倒刺的可怖長舌和尖長利齒。

小次郎深吸了口氣，見到海水已經淹過了自己胸口，連忙舉起雙手輕輕揉按自己臉頰，心想無論如何可不能失敗，否則付出的代價不只是丟臉而已，而是一條命。

下一刻，海水已淹過小次郎的腦袋，這一次，小次郎幾乎沒有遇到多大阻礙，便順利地使用魚鰓呼吸。同時，他感到自己身體各處都發出與皮膚相同的冰涼感；在半魚基因的作用之下，他的肺、胃等臟器中本來充滿空氣的空間，逐漸被分泌出來的體液填滿，以確保壓力平衡。

同時，小次郎發現自己對於外界的觀感一下子敏銳許多倍，他覺得自己幾乎能夠聽見眾人的心跳聲，旁人任何細微的肢體動作，他都能夠感受得到。他摸了摸胳臂和身側肋間，發現自己身上也生出了體側線。

他張開雙手，只見雙掌指間長出了蹼、腳掌也生出鰭來。

壽爺指了指小房中另一扇門，大夥兒朝那門走去，打開門，外頭也是滿滿的海水。

門外是一條廊道，此時海水已經灌滿整條廊道。大夥兒不再徒步行走，而是泅水前進，在長廊中繞游半晌，與一隊隊蝦蟹士兵和魚群錯身而過，來到一處挑高大廳的三樓圍廊處。

大夥兒來到那圍廊矮牆邊向下望去，底下是寬闊大廳，中央擺著一張張長桌，平時深海神宮裡不論用餐、重要會議都在這大廳中進行。而這兒四周壁面上有許多出入口，連接著神宮各處要道，也算是交通中樞。

□

一艘小型作業型載人潛艇加速駛過阿修羅、水夜叉、鴨人大軍上方，開至大軍最前頭，在距離聖殿入口前的螃蟹大軍二十餘公尺處降至沙地上。

艙門開啓。

四名身穿黑色潛水服、提著特殊合金材質銀灰色公事包的瘦長男人，踏出這艘載人潛艇。這四人身高、動作，甚至是長相都如出一轍，差別僅在於右額處分別有「01」至「04」的編號；四人一出潛艇、踏上沙地，立時向左右步開，分立於潛艇前方左右兩側。

跟著步出潛艇的那人，是杜恩。

杜恩身後跟著的，則是康諾。

杜恩同樣穿著黑色潛水服，臉上依舊面無表情；康諾博士卻是穿著寬鬆的短褲和印著椰子樹圖樣的紅白襯衫，一臉笑意地跟在杜恩身後。

此時包括這四名黑衣男人，杜恩與康諾，自然也經過了適應深海的改造工程，儘管改造方式不同，但他們此時與植入半魚基因的小次郎、貓兒等人一樣，身體內部原本存有空氣的臟器此時全充滿著體液，因此不受深海水壓影響，且能夠直接從水中攝取所需的氧氣。

深海聖殿神宮入口前的螃蟹大軍一見康諾，立時緩緩地向兩側讓開，讓出了一條寬度達十餘公尺的通道。

杜恩與康諾緩緩地朝聖殿入口前進，同時，編號03、04的黑衣男人，一左一右，提著公事包走在最前頭，黑衣男02則跟在杜恩正後方；黑衣男01則轉身向後，嘴巴快速喃唸著一連串有如密碼般的指令。

後方的杜恩大軍之中，那些負責指揮各小隊的領頭，收到了黑衣男01的命令，立時指揮起自己負責的下屬們。

霎時，整片浩蕩大軍井然有序地放緩前進的速度，不再繼續朝聖殿逼近，而是停在螃蟹大軍前十餘公尺處整列成隊，且緩緩向兩側圍去。

水夜叉、阿修羅、鴨人等在列隊之後繼續向前，沿著那條螃蟹大軍讓出的寬闊通道，跟著杜恩等人往聖殿神宮入口走去。

「鯨艦，好久不見了。」康諾仰起頭，望向聖殿上方緩緩盤旋著的巨大鯨艦，微微笑著，還向居高臨下指揮守軍的白牙揮了揮手。

白牙向康諾揚起手中長叉致意。

杜恩繼續向前，微微仰起頭，仰視整座深海聖殿神宮；他在走至正門前時，刻意放緩腳步，仔細打量著聖殿正門周遭一切事物，還伸手輕輕觸摸著聖殿正門與門梁；他跨過門欄，踏進深海聖殿神宮。聖殿大門之後，是一處稍稍挑高的寬闊玄關，連接著數條分支通道。

比起聖泉集團旗下那些奢華建築，這聖殿入口顯得樸素寒酸，甚至連一般有錢人家自宅都比不上，但杜恩似乎絲毫不以為意，他臉上雖仍無表情，但雙眼中那炙熱的目光卻難以掩飾。他望著聖殿內部那些不起眼的壁面、梁柱，就像是望著精美的藝術品一般。

「你究竟是怎麼發現這個地方的？」杜恩淡淡地問：「別告訴我只是好運，我難以心服。」

「老杜，算不算好運我不知道，但時間很公平。這些年，你將全部的心思放在南極基地，對外界任何事都不感興趣，將南極基地裡那些東西發展到匪夷所思的境界；幫助聖泉集團從一間小小的藥廠，變成一個能夠吞併全世界的大怪物……」康諾這麼說：「而我，這些年來只做一件事——『找』，我跑遍了全世界，我登上最高的山、潛入最深的海、踏過最炎熱的沙漠、泡過最毒的沼澤，我比你更快找到，不過分吧……」

「這個答案我勉強接受。」杜恩側著頭，若有所思。

進入深海聖殿神宮之後，轉由康諾在前頭領路，他們走過一條條通道、一處處廳堂，成群的水夜叉、鴨人、阿修羅等也緩緩列隊跟在後頭。神宮中偶爾可見蝦蟹侍衛，卻都未加攔阻這批入侵者。

「來了……」小次郎頭皮一麻，探頭偷偷向下望去，他隱隱察覺到下方會議大廳某處通道深處，透出了不尋常的水流波動感。

編號03與04的黑衣男人首先從通道步入會議大廳，跟著是杜恩與康諾，然後是編號01、02的黑衣男人與後頭大隊水夜叉等隨行部隊。

蹲在二樓圍廊矮牆後的貓兒，分別拍了拍身邊眾人的肩，指了指斜上方一條透明柱；透明柱約莫成人環抱一般粗寬，裡頭有魚兒游動，此時那些魚兒身上綻放著淡淡的青藍光芒。

所有人望向那透明柱，默默回想先前數次作戰會議內容，此眾人身處的這會議大廳位於聖殿神宮前端；杜恩的目標是這深海聖殿神宮的「心臟」，位於後端高處。

自會議大廳繼續轉往另一條通道後，還須經過十數處大小、功能不一的廳間與實驗室，以及許多曲折廊道，才能抵達位於神宮內部的「心臟地帶」。

深海神宮的「心臟地帶」，就像是個小型博物館，除了收藏著劃時代的生物科技關鍵資料外，還有一間塞滿各種神奇儀表裝置的機房，能夠指揮、操控整座聖殿神宮。只要杜恩掌控了聖殿神宮的「心臟」，便如同擁有整座聖殿神宮。

小次郎蹲伏在挑高大廳上方矮牆後，仰望著那透明柱體發出的淡藍色光芒。他覺得自己緊張的情緒幾乎到達了最高點，此時海水已經充滿整座神宮，深海水壓使得四周所有聲音都能傳得又遠又亮。卻也因爲如此，反而融合成一種聽不出到底是什麼聲音的隆隆聲。他覺得自己就像是站在颱風天的樓頂般，四面八方的水流、轟轟隆隆的怪聲，不停刺激著他敏感的體側線與耳膜。

在康諾的指路下，兩名黑衣男在前、兩名黑衣男在後，杜恩與康諾居中，轉往大廳盡頭一條通往心臟地帶的通道。後頭大隊水夜叉、鴨人與阿修羅不停跟上之外，也有一部分隊伍停下腳步，留駐在大廳之中待命守備。

小次郎忍不住悄悄探頭向下張望，只見杜恩的背影與牽動的水波，逐漸消失在那通道之中，他咬緊牙關，一遍又一遍地默誦著經過數次作戰會議之後，這次的作戰目標——

讓杜恩順利進入深海聖殿神宮的「心臟」。
讓杜恩再也無法離開「心臟」。

CH05 守護者

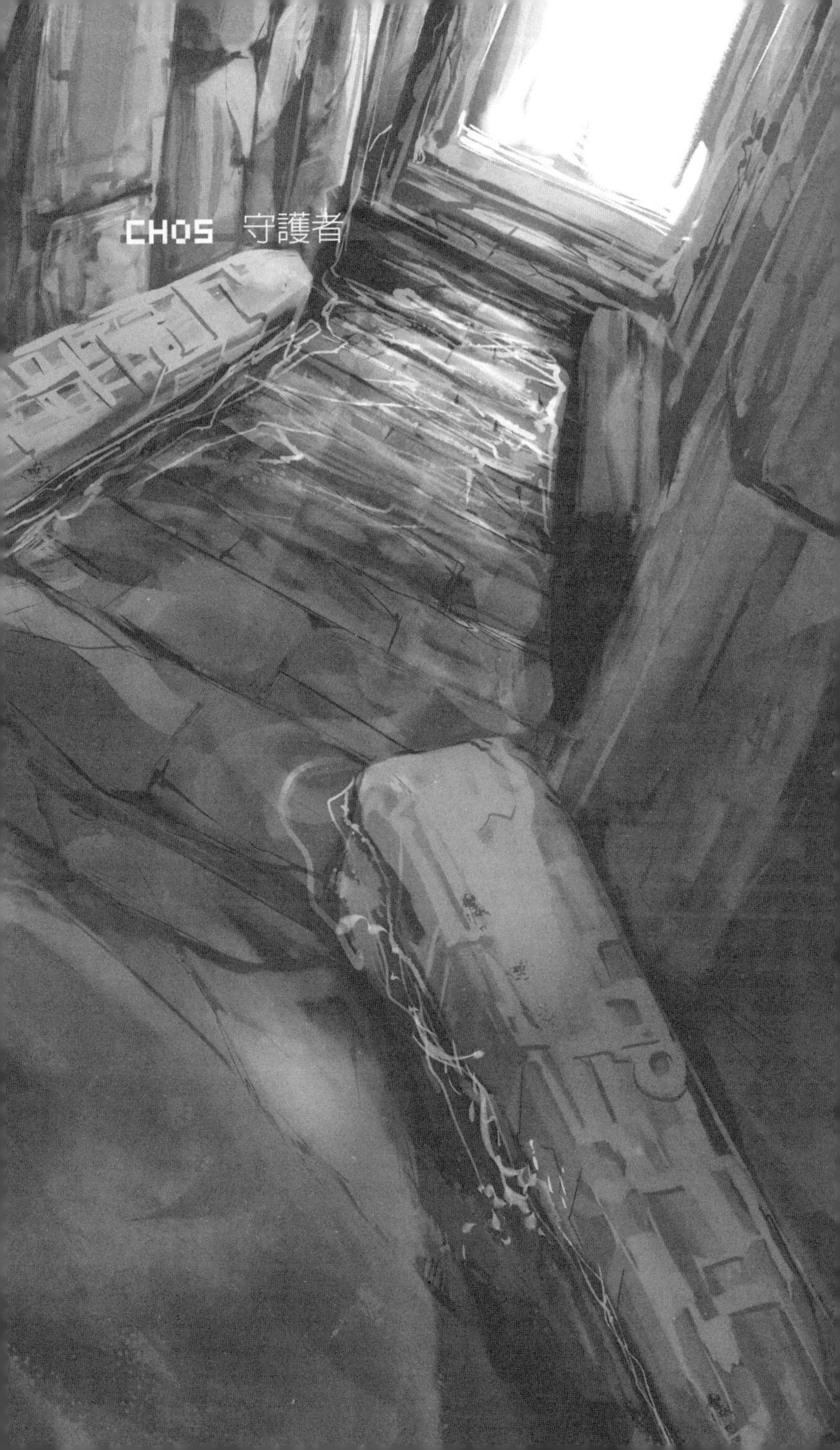

轟轟隆隆的聲響此起彼落——

後方一道門關上了。

杜恩回頭，見到身後十數公尺處的通道被一道門阻住了。

而在他前方，則有一道門緩緩開啓。

那是一處約莫五十坪大小的大廳，裡頭同樣充滿海水，大廳後方有另一道門。

「這就是你用來對付我的機關？」杜恩望了身旁康諾一眼。

「算是吧。」康諾拂著他那在水中不住漂動的灰鬍，說：「但我想或許沒有什麼用。」

「嗯。」杜恩望著那大廳天花板一處約莫十公尺平方的巨大艙門緩緩開啓，十數條艷紫色怪異觸手捲了出來，攀在艙門邊緣；那些觸手有電線桿三倍粗，底面如同章魚觸手般滑溜且帶著吸盤，背面卻滿覆狀似鱗片般的硬甲。

四名分立在杜恩前後、右額上刻有數字印記的黑衣男立時揚起胳臂，隱隱露出護衛姿態。

跟隨在杜恩身後的隊伍，除了黑衣侍衛之外，還有三隻阿修羅，和七、八隻水夜叉。他們紀律甚嚴，一點也沒有因為被截斷了後路而躁動的跡象。

從天花板開啓的艙門裡，探出一顆三公尺長的巨大生物腦袋，那腦袋樣貌近似早已絕跡、被稱作「海洋暴龍」的「上龍」。

這上龍腦袋將近兩公尺的大嘴一張，露出兩排少年胳臂粗細的長齒，雙眼瞪視著大廳入口處的杜恩等人。

接著第二顆、第三顆上龍腦袋，也自艙門探下。

這三顆巨大的上龍腦袋各自接著一條不屬於已知上龍頸部的怪異長頸，長頸上覆著一片片不規則狀的灰黑色厚甲；每一片甲片的厚度都超過十公分，每一片甲片之間，都掛著些數十公分長的細長觸角，那些觸角的尖端不時閃動著青藍色電光。

這三顆凶惡龍頭張開大口，驅動粗長頸子，嚴密地擋住了後方那道通往「心臟地帶」的小門。

然後是更多觸手自艙門探下，觸手有粗有細、外觀也大不相同，有的直徑超過四十公分，通體豎著一根根人臂粗細的大刺，猶如巨大狼牙棒；有的外觀狀似節肢動物，末端有如蝦蟹大螯；有的雖只有成人小腿粗細，末端卻是類似劍魚那尖銳長吻；有的便只手腕粗細，但滿布腫囊，那一顆顆半透明的腫囊鼓脹起伏，隱約透著各種色澤。

佔地五十坪的大廳，便讓這揮掃著數十條古怪觸手的三頭巨獸滿滿佔據著。

「這些東西你造的？」杜恩斜著頭，瞥了康諾一眼。

「不……」康諾搖搖頭。「牠是古物種，花了點時間喊醒牠。牠不是『這些』，牠只一隻，我們叫牠『守護者』。」

「守護者？老套！」杜恩冷冷地說：「這傢伙聽你的話？叫牠讓開，我要留牠性命。你說牠只一隻？殺了就沒了。」

「老杜，你對自己這麼有信心？」康諾呵呵笑著。「我挖空心思、集中資源，才能造出一隻和守護者力量差不多的鯨艦，就是你來時外頭那隻大鯨魚，牠倆絕不比聖泉那些破壞神差。」

「那是你太差勁。」杜恩搖搖頭。「這種東西，我睡著都設計得出來。」

「是是是。」康諾攤了攤手。「我知道我不如你，那麼你請吧。」

「你還不下令要牠讓開？」杜恩皺了皺眉，露出惱怒神色。

「在這裡下令牠聽不見的。」康諾苦笑著說：「守護者是整座聖殿神宮的絕對守衛。在心臟地帶裡，有一處專門指揮這傢伙的設備。我在上一次離開前，已經下了命令，任何人接近心臟地帶，格殺勿論。」

「……」杜恩瞪著眼睛。「你知道你這批海軍在神宮外絕對攔不住我，所以誘我進來、斷我後路，讓我和這傢伙決一死戰？你覺得這樣做，比較有勝算？」

「比起和你那批大軍正面衝突，這樣勝算是高些沒錯呀。」康諾露出無奈的神情。「不過……跟在你身邊的這批隊伍，沒有我想像中威風，我以為你至少會派出超過一百隻阿修羅開路。當然，你從不做輕率的事，這代表你身邊這四胞胎肯定不簡單，就連你自己想必也經過徹頭徹尾的改造了吧。」

「廢話。」杜恩淡淡地這麼應著，轉頭望向身後那批阿修羅和水夜叉，指向前方大廳的守護者，說：「你們先上，讓我開開眼界，看看這守護者有什麼能耐。」

三隻阿修羅與八隻水夜叉立時邁開大步，半奔半游地往盤踞在大廳之中的守護者那三頭上龍腦袋攻去。

「吼——」守護者其中一顆龍頭甩了甩，高高仰起，發出巨大吼聲，聲音在水中傳遞得比地上更快，不僅是康諾讓這聲巨吼震得向後漂了老遠，就連杜恩也微微變臉。

八隻水夜叉和三隻阿修羅並未被這吼聲震懾，他們咧開嘴巴，紛紛發出殺聲；這批杜恩打造給自己專用的水夜叉和阿修羅，行進之間並不像袁唯旗下那些兵器瀰漫著一股妖異扭曲的宗教氣息，也不像第五研究部那樣訓練有素、井然有序，而是帶有更加濃厚的野性和直覺。

他們的手和腳上都帶著蹼，嘶吼之餘四處竄開，從各個不同角度往三顆巨大龍頭攻去。

數十條觸手攔下他們，朝著他們的身軀和腦袋纏捲而去。

那三隻通體青藍的阿修羅搶在最前頭，雙肩、脅下各自竄出四臂，一共十八條結實胳臂，轟隆隆扛下數十條四面八方襲來的觸手。

八隻水夜叉靈活地游竄過觸手和阿修羅身軀之間，雙手一抖，指尖彈出銳利尖刃，朝著這古獸三隻龍頭和龍頸襲去。

喀嚓！

八個水夜叉瞬間剩下三個——

左側的龍頭抖了抖嘴，將口中那隻水夜叉吞下；右側龍頭嘴一張，吐出那斷成兩截的水夜叉身軀；中央龍頭咕嚕嚕幾聲，將叼在嘴裡的三隻水夜叉，分成了幾口才全嚥進肚子裡。

剩下的三隻水夜叉並未停下攻勢，一個游竄到中央龍頭上方，以銳利指刃刺進龍頭眼珠裡。

下一刻，這水夜叉便被龍頭一頂，轟隆撞在天花板上，撞成了肉餅。

另兩隻水夜叉在尚未攻擊龍頭之前，便被咬死吞下肚。

後頭，三隻阿修羅十八隻手揪著、扯著、挾著、抱著那各式各樣守護者襲來的觸手，他們的腰間、腦際、胸膛上纏捲著形形色色的觸手。

某些觸手上的銳角刺進阿修羅的肉中，卻刺不穿阿修羅堅如鋼鐵的骨骼，三隻通體青藍的阿修羅嘶吼著向前推進。

「……」杜恩見守護者數十條觸手也擋不下三隻阿修羅，不禁皺了皺眉，瞥了康諾一眼。

「老友，再給牠兩分鐘。」康諾張開雙手，替守護者辯解著：「不是每個傢伙都擅長比腕力。我剛剛說過，這傢伙負責守護整座聖殿神宮，不只是你眼中那扇門；你現在看到的只是牠身體的一部分，牠現在忙得很呢。」

「你的意思是牠的身體分布在整座神宮之中？那些觸手和龍頭能夠在神宮各個地方出沒自如？」杜恩眼睛亮了亮，像是康諾的話引起了他的興趣。「這倒新鮮。」

「新鮮，哈哈！老友，你總算給了我一個嘲笑你的機會。」康諾張口大笑，說：「一點也不新鮮，寄居蟹、螺、龜，不都是如此。」

「哼哼。」杜恩冷笑兩聲。他對於康諾將這守護者比擬作螺和寄居蟹，自然不甚認同，但眼前這守護者確實引起了他的興趣，他便也不想和康諾做些口舌之爭，而是將全副心思放在大廳中的守護者那三顆龍頭和數十條觸手之上，心想著此時神宮各處要道，必然像是身後通道一般，被截斷成無數塊小區域。

若康諾所言屬實，那麼他領入神宮的大隊人馬，自然也被分隔成無數小隊，正與守護者的觸手，以及神宮中的伏兵展開激戰。

儘管杜恩早預料到己方隊伍此時正遭受伏擊，但他似乎對後方戰情一點也不關心，一心想像眼前守護者的肉體機能運作、想像將牠進一步改造的方式和成果。

此時，三隻阿修羅扯斷了守護者十餘條觸手，推進到距離三顆上龍腦袋僅剩數公尺處，只見三顆上龍腦袋將頸子緩緩向後弓去，大口微微張開，一副如同毒蛇即將出擊的態勢。

三隻阿修羅推進之勢突然緩了下來，凶暴的神情中露出一絲茫然，不約而同地望著自己的手和腳。

杜恩立時注意到阿修羅的異樣，他突然像是個發現了新玩具的孩童般，迫不及待地向前奔去。

他像是忘記自己身處深海之中，在水中奔跑的模樣滑稽好笑，他趕忙伸手撥水，半奔半游地闖入前方大廳。

四名侍衛分毫不差地跟在杜恩左右。

「喂！」康諾沒料到杜恩會如此大膽，儘管驚訝，卻也曉得杜恩生性嚴謹，若非對自己有著百分之百的信心，否則絕不會做出這樣的動作。

「毒液？」杜恩來到距離三隻阿修羅數公尺遠，見到數十條纏著三隻阿修羅身軀上的觸手之中，其中一種觸手長著大大小小的半透明腫囊，腫囊裡充滿著異色汁液。

一隻阿修羅單膝跪了下來，他那凶暴的雙目裡露出不解的神情。阿修羅性情凶暴，臨戰時即便斷手斷足也毫無懼意、絕不退縮。此時他們覺得自己的手和腳，像是逐漸脫離了自己的軀體，變得麻木而毫無感覺；如此一來，一身銅皮鐵骨強健肌肉，和烈火般的戰意也無用武之處了。

杜恩持續向前游走，距離三隻阿修羅越來越近，他見纏著阿修羅四肢的怪異觸手，一顆顆腫囊不住地起伏鼓動著，心想觸手上必定有著如同蜂針般的毒刺，將腫囊中的毒液注入阿修羅體內。

杜恩抬起頭，望向那眼睛捱著水夜叉一記銳刃攻擊的上龍腦袋，只見那本來裂出一條大口的眼珠子，此時正緩緩復元中，他隨口自語：「再生能力不錯。」

數條觸手竄向杜恩。

四名侍衛快速攔下。

「哇！」

康諾被前方景象嚇了好大一跳。

四名攔在杜恩身邊的侍衛，此時身軀肢體如同關節誇張扭轉的木偶般，以違反人體關節限制的姿勢，擋下那數條襲向杜恩的觸手。

嘎哧！嘎哧嘎哧！

守護者那三顆上龍頭突然探來，將無法動彈的三隻阿修羅咬去了腦袋。

纏著阿修羅身軀的十餘條觸手陡然散開，全往杜恩襲去。

再次被四名侍衛擋下。

這次康諾的眼睛瞪得更大了，攔下守護者第二波攻擊的四名侍衛，此時身軀完全脫離人形。他們每人除了原本的雙臂之外，前胸、後背甚至雙肩都伸出了細長胳臂，每條胳臂上還有分支爪子，抓住或是抵住這數量更多的觸手襲擊。

這些胳臂嚴密得猶如一座城牆，牢牢守著裡頭的杜恩。

杜恩單膝蹲著，拉著阿修羅屍身一條胳臂，檢視著上頭的傷口和周遭皮膚變化。

「你這侍衛倒有些像是……」康諾呆愣半晌，像是想到了什麼，忍不住噗哧一笑。

「像袁家三少爺那些女僕的小童侍從是吧。」杜恩頭也不回地說：「那些小童侍從就是我設計給他的玩具，聽說他玩得挺開心。至於我這四個——」

杜恩站起身來，仰著頭，望著上方那由四名侍衛組成的銅牆鐵壁，露出滿意的神情。「可不是玩具。」

吼——

一顆上龍腦袋咧開大嘴，連頭帶肩地咬去了編號04的上半截身子。

編號04並未倒下，他那下半截身子仍直挺挺站著，腰際探出的幾隻細長手臂，依舊與其他三個侍衛牢牢相握著。

但就在那上龍腦袋猶自咀嚼著編號04上半邊身子的當下，編號04那下半截身子斷口處的組織已經迅速增生起來，只十數秒間，又長回原樣——

「嗯！」康諾瞪大眼睛，眼前這四名侍衛，身體的再生能力遠超過糨糊、石頭這些小侍衛。

他見另兩隻上龍腦袋也咧開了嘴巴，便嚷嚷提醒：「傻瓜，別咬他頭，咬他肚子，這些傢伙的再生核藏在肚子裡！」

「再生核？這名詞已經過時了。」杜恩微微一笑，隨手揪來一條纏上侍衛腰間的腫囊觸手，抓在手上把玩觀察。

那腫囊觸手立時捲上杜恩整條胳臂，杜恩唔了一聲，感到胳臂像是遭到數十隻蜂螫般地刺痛，這腫囊觸手果然能夠伸出毒針。

「你……」康諾見杜恩竟然主動讓那腫囊觸手纏上螫咬，驚愕至極。「難道你已經……」

杜恩並未理會康諾，而是盯著纏在他胳臂上的腫囊觸手，觀察著觸手上那一顆顆柳橙或是哈密瓜大小的半透明腫囊起伏鼓動、催注毒液的模樣。

吼、吼——

兩聲龍吼，另兩顆上龍腦袋分別咬去了編號03數條胳臂，和編號02的胸腹身軀。編號03的手臂立刻重生出來，被咬去胸腹的編號02，剩下的頭肩和腰腿兩端，緩緩癱軟散下。

堡壘缺了一角。

觸手迅速竄向杜恩，捲上他的雙腿和腰際。

杜恩此時極爲專注地感受胳臂上的毒液散布情形，毫不留心他那城堡的崩壞和來襲的觸手，他的右腿被一條頭端長著巨鉗的怪異觸手齊膝箝斷。

「哎呀！」斷膝的劇痛讓杜恩終於有了反應，然而他的神情古怪，像是並不討厭這樣的劇痛，反而咧開嘴巴，露出了笑容。

「你……」康諾前幾秒見那編號02被守護者咬去再生核之後，果然無法重生，不禁有些振奮；但下一刻見杜恩被箝斷了小腿也無畏無懼，甚至笑了，不禁感到眼前這故友散發著一種難以言喻的恐怖感。

他呆愣半晌，才問：「你完成了『永生基因』？」

「算是吧。」杜恩冷笑兩聲，握住那腫囊觸手一端，像是捏豆腐那般地捏出一道裂口，他的手便像是鉗子一樣地分成了數次箝斷了腫囊觸手。

「我倒不知道永生基因連毒都不怕。」康諾見杜恩似乎不受那毒液影響，又聽他聲稱已完成聖泉集團的終極目標永生基因，先前那微微燃起的希望瞬間被澆熄了。

「不是不怕。」杜恩摘下了那捲在他胳臂上的腫囊觸手斷肢，揚起他的右手，他的右臂突然緩緩浮起數個腫包，腫包緩緩移動著，集中到掌心，隆成一顆大瘤。「我的身體，已和你認知中的人體全然不同了，我只是隔絕了這些毒液。」

「……」康諾訝然不語，他見到杜恩說話的當下，左腿也被那蟹鉗觸手給箝斷了，另外兩條觸手則捲上他的胸腹，在上面割出了數條巨大的裂口，隱約可見裡頭臟器。

杜恩的臟器和人體臟器並沒有太大差別。

唯一的差異，在於杜恩的雙膝和剖開的肚腹都沒有淌出一絲鮮血。

「康諾呀，睜大你的眼睛，讓你開開眼界。」杜恩指著自己那咚咚跳動的心臟，說：「我身體裡的永生核，在這個地方。從更嚴謹的角度來講，我不喜歡『永生』這個詞，永生代表『永遠不死』，這不合邏輯，這世上沒有東西無法被破壞，但要破壞我身上的永生核，或許只有我自己才辦得到。」

他這麼說的同時，一條帶著銳利尖角的觸手，陡然竄入他胸膛裂口中，捲住了他的心臟。

觸手上的尖角劃開了杜恩的心臟，露出藏在裡頭鐵灰色的永生核。被尖角割過的永生核，分毫無傷。

「我的記憶，同步備份在……永生……核裡……」杜恩說到這裡，腦袋也被一條觸手捲上，觸手扯裂了他的嘴巴，使他無法繼續說下去。

杜恩緩緩揚起右手上的肉瘤，肉瘤上突出一根尖刺。杜恩緩緩地揮手，在那數條正破壞他身體的觸手上拍了拍，那些被尖刺扎中的觸手，紛紛癱軟鬆開。

康諾這才知道，杜恩將自己的身體也改造成如同四名侍衛那樣，能夠隨心所欲地控制肉體變化。他將那腫囊觸手的毒液集中起來，反過頭注進那些觸手之中。

觸手鬆散之後，杜恩那被破壞得不堪入目的身體，快速地生長復元，裂開的胸膛闔上了、斷腿再生了、撕裂的嘴巴癒合了。

杜恩托著掌心上的肉瘤，緩緩走出三名侍衛結成的城牆陣勢中，一步一步，往那三顆上龍腦袋走去。

康諾這才注意到其中一顆上龍腦袋的異狀，那腦袋怪異抖動著，像是被什麼東西卡著喉嚨一般；牠張大著口，一口銳齒，竟斷了一半以上。

吼！吼吼——

這上龍腦袋發出了巨大的悲鳴聲，跟著緩緩垂下，一動也不動了。

倏——垂下的上龍腦袋頭部陡然裂開一條大口。

裂口中探出一隻手。

編號02的手。

編號02並未死去，守護者的這顆上龍腦袋咬去了編號02身體裡的永生核，卻無法嚼碎永生核，反而將自己的牙給咬斷許多根。

編號02探出身子，立時被另兩顆上龍腦袋扯成了碎片，但他的永生核依舊未遭到破壞，迅速又恢復人形。

「算了算了，我們認輸！」康諾嘆了口氣，突然朝著守護者連連揮手，大嚷起來。「乖孩子，這怪物你拿他沒轍，連你的牙都咬不碎他們的永生核，再咬只是浪費力氣而已，去別的地方幫忙吧，這裡交給我就好啦。」

正和四名侍衛糾纏的十餘條觸手，在康諾這麼嚷嚷之後，同時停下了動作，迅速縮進天花板上的艙門。

兩顆上龍腦袋啣著那動也不動的上龍腦袋，也退回了艙門之中。

「你能夠命令這東西。」杜恩揚起手，示意四名侍衛停止追擊，轉頭望向杜恩一眼。「你果然騙我。」

「是啊。」康諾攤攤手：「我是騙你，不然怎麼辦呢?我沒你行，爲了贏，什麼方法都使得出來，但即便如此，還是比不上你。我擋不了你，也只能替你開門啦，帶你進去開開眼界吧。」

康諾一面唉聲嘆氣，一面大步朝通往心臟地帶的門走去，還伸手示意杜恩跟上。

「……」杜恩默然不語地跟在後頭，神情凝重，若有所思。

康諾所謂的「開門」，便也只是伸手在門上敲了敲，然後扭動門把，推開門——

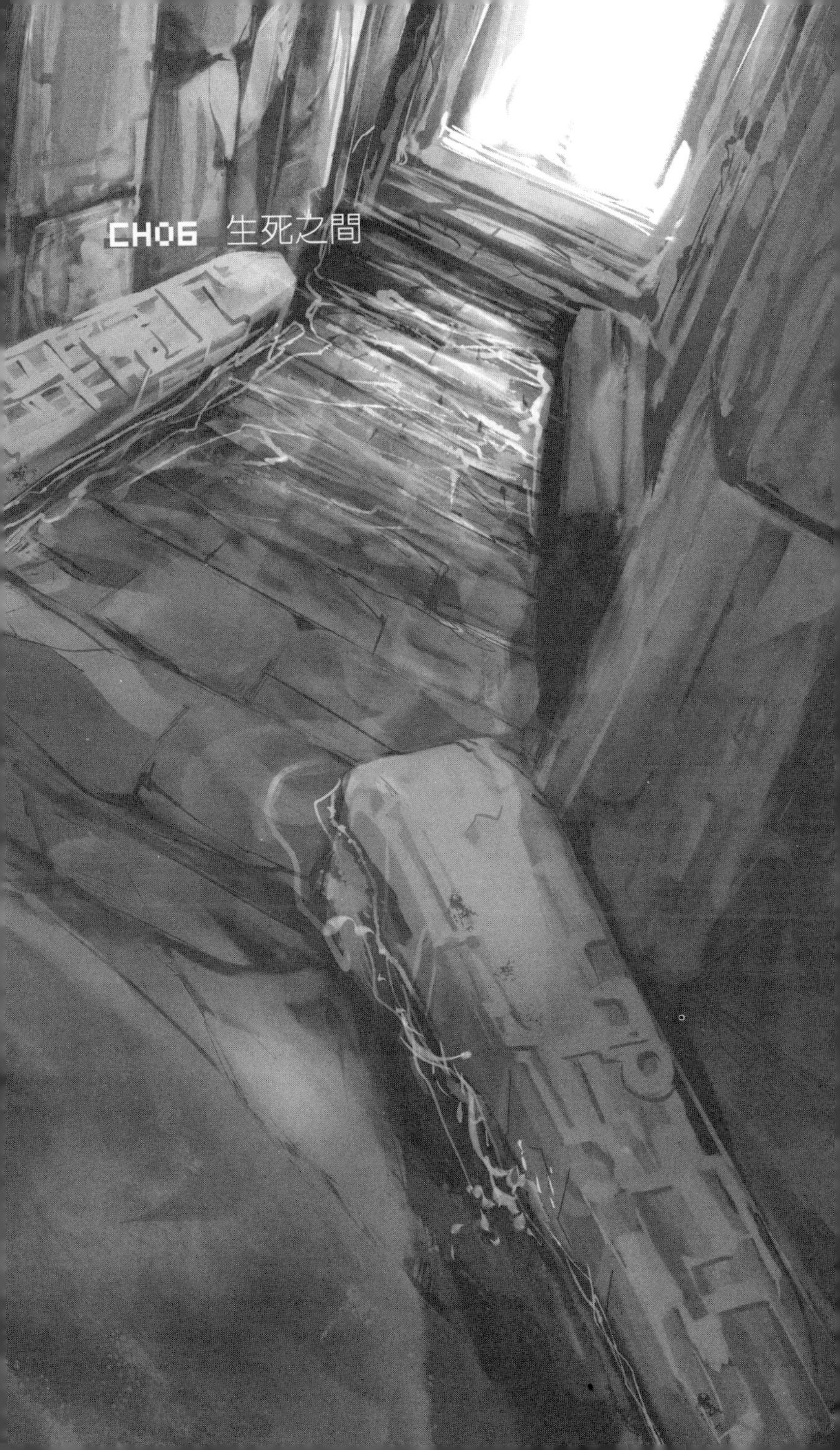

CH06 生死之間

柱。

「看！紅了、變紅了——」

本來蹲伏在高處廊道矮牆後方的小次郎，突然站直了身子，指著會議大廳幾根透明

柱。

數秒之前，那些閃動著淡藍光芒的透明柱，裡頭那些小魚小蝦猶如河豚般紛紛鼓脹起身子，牠們一隻隻從柔和的螢光淡藍，變成了耀目的艷紅。

幾根透明柱一下子變得通紅一片。

這是開戰的訊號。

大廳之中留駐著的水夜叉、阿修羅、鴨人等部隊紛紛挺起武器，四處張望，似乎感受到整座聖殿神宮的氣氛產生了異變。

會議大廳裡本來四通八達的通道入出口，紛紛降下厚實的牆面，有些離得近的水夜叉或是鴨人，連忙往出入口趕去，試圖阻止那些厚牆截斷通道。

整座會議大廳挑高處幾處矮牆，紛紛竄出了神宮的半人半蝦蟹的伏兵，他們持著簡易的長柄武器，攻向大廳中的杜恩部隊。

「愣什麼，還不上！」酒老頭一聲大喝，翻過矮牆，飛快朝著底下幾隻水夜叉群聚

處竄游而去。

「上啊！」小次郎立時跟上，但他感到身邊的人都比自己更快，壽爺、鬼蜥、百佳，大夥兒指間長著蹼、後背生著鰭，身體帶有側線，在水中的動作活脫就是條魚。

當中最快的是貓兒。

貓兒在酒老帶頭躍下之後，好整以暇地彈出雙爪，屈膝向上一蹦，足足躍起兩公尺高，才突然轉向朝下；那雙又似尾鰭又似蛙掌的腳轟隆一蹬，如同飛彈般射出，一下子搶在酒老之前，落進那幾隻水夜叉之間；身子一旋，幾隻水夜叉的身體立刻出現了巨大的裂口，青色、紫色、黑色的血瞬間染黑了四周水色。

砰、砰砰！

隨即跟上的酒老，拳頭、手肘處都生出犀角，一陣重拳亂擊，將那些被貓兒殺了個措手不及的水夜叉的腦袋一一擊碎。

「百佳，看準了再上；鬼蜥，這裡是水裡，千萬別吐毒液！」壽爺胸前別著酒老那枚能夠指揮百佳和鬼蜥的「殺」字胸章，領著他倆竄游到另一個敵軍聚集處，指揮著他倆作戰。

百佳擅長飛刀，但此時身在水底，無法擲物，她便單手反握著一柄短刃，跟在壽爺後頭，伺機突擊。

「咕嚕、咕嚕嚕——」鬼蜥心神渙散，難以理解大夥兒商討的戰術，僅本能地聽從壽爺指揮。他雖伏在地上，動作卻相當靈巧，那些鴨人和水夜叉才剛看準了他的位置挺叉刺來時，他早就竄游地繞到敵人身後，咧開大嘴朝著敵人腳踝狠咬一口，或是甩動背後那條帶著銳刺的尾巴，在敵人雙腿割上幾下。

「百佳，妳別踩地，妳游得好，在上頭斬他們腦袋！」壽爺喊著，雙掌微微摩挲發紅，掌緣變得銳利如刀，和那些鴨人、水夜叉游鬥起來。

他們三個一人伏得極低，一人游在高處，壽爺居中牽制，幾個鴨人和水夜叉頭一低便要讓百佳割喉，頭一抬又要讓鬼蜥襲腳，中間的壽爺同樣不能不防。

杜恩的大軍雖然肉體精實，卻未受過專業的作戰訓練，比起歷經苦戰的酒老等人，戰鬥經驗生澀許多，一下子便被壽爺這小組殺倒了十來隻。

「我知道了，他們看起來有模有樣，但其實不懂得游水吶！」小次郎與豪強跟在更後頭，他倆的泳技落後眾人一大截，但此時身在水中，只覺得那些鴨人和水夜叉的動作比印象中的夜叉和羅剎要緩慢許多。

杜恩這批水軍儘管在技術上克服了深海水壓，且手腳上同樣長著輔助游水的鰭和蹼，但終究比不上和深海聖殿神宮裡的半魚基因，行軍時的姿態威風凜凜，但真開戰起來，他們比起深海神宮這批貨真價實的「魚戰士」，可還是差了一截。

小次郎和豪強身上的側線，讓他們在水中敏銳得無以復加，即便是最晚才學會魚鰓用法的小次郎，此時的動作也像是個擅泳少年般敏捷。他不時揚動屁股上那條生著粗毛的大尾巴，擋下水夜叉和鴨人的攻擊，再閃身游到他們身後，挺著尖刃突刺他們後背。

豪強則是讓頭臉身軀都生出一堆長刃，不時雙腿挾水，讓身子往前短衝，對著水夜叉和鴨人硬撞，像是個主動衝撞的大河豚般，將那些水夜叉和鴨人的身子撞出一個個洞口。

就這麼著，酒老頭和黑風、豪強與小次郎、壽爺三人，外加獨立作戰的貓兒，華江賓館共分成了四小隊，連同其他蝦蟹士兵，按照計畫中的戰術逐一剿滅大廳中的敵軍。

「小次郎，別去！」貓兒猛然尖喊，她見到殺得興起的小次郎，朝著一個大傢伙竄去，那不是水夜叉也不是鴨人，是阿修羅。

大廳之中有四個阿修羅，其中兩個正扛著門，留駐在大廳裡的杜恩部隊中某些指揮階級的傢伙，似乎擔心這些門一旦關上便打不開，正吆喝著阿修羅和更多水夜叉無論如何也要扛著那條他們來時通道的厚牆；此時那堵厚牆距離地面只剩下不到一公尺，兩隻阿修羅一左一右，六手齊出，扛著牆底，底下擠著許多水夜叉齊力幫忙；在厚牆那端，還不時有通道中的水夜叉擠進大廳參戰。

另兩隻阿修羅，一隻被一群蝦蟹士兵圍著，那些蝦蟹士兵自然知道不是阿修羅的對手，但他們仗著水中優勢，挺著長柄武器亂竄游擊，拖延著他；另一隻阿修羅，則在扯裂了三隻蝦蟹士兵之後，轉身迎接來襲的小次郎。

「你打不過他，回來！」貓兒腰一扭、腿一彈，迅速竄向小次郎。

「我的速度比他快……」小次郎話剛說完，阿修羅的拳頭便已擊到他面前，嚇得他連忙扭身避開了這一拳。

但下一拳他無論如何也避不過，趕忙屁股一彈，將大尾巴抖起，硬生生捱下阿修羅這記重拳。

若是在陸地上，阿修羅這記拳頭能夠將小次郎整個打飛數十公尺遠，但在深海之中，阿修羅那碩大的拳頭，阻力同樣也大，加上小次郎那條長滿了極具彈性的濃密粗毛擋在胸前，猶如一塊大軟糖，分散了阿修羅這記猛擊大部分的力量。

小次郎被這記拳頭轟得向後飛彈了數公尺，眼冒金星，他尚未從強大的拳壓回神過來，只感到一股恐怖壓迫感撲天蓋地般壓著他。他瞪大眼睛，驚恐地憑著身體側線的敏銳感應，在水中翻了個滾，頭下腳上地朝著那壓迫感最輕處鑽游而去。

倏倏——兩記重拳打過小次郎身邊。

小次郎猛然回頭，只見阿修羅早已追在自己身後。他雖然憑藉著側線感應避開兩記拳頭，但眼前的阿修羅又側仰起身子，六手之中有四手已經作勢拉弓，避無可避，突然覺得後頸傳來一股溫暖，同時身子快速向後飛竄。

貓兒拉開了小次郎，同時避開阿修羅三記重拳，繞到了對方身後，朝著對方後腰揮動大爪，在那阿修羅後背上斬出數道血痕。

血痕甚淺，並不嚴重，貓兒知道阿修羅力大無窮，生怕離得過近，被對方轉身一拳打爆腦袋。

「吼——」這阿修羅暴怒吼叫，六手亂揮，想追擊貓兒，但他游速遠不如貓兒，見貓兒一挾水便彈了老遠，便轉身去捉那游得慢的小次郎。

小次郎緊握短刀，驚恐的情緒尚未平復，見阿修羅朝他游來，趕緊轉身再逃。

「小次郎，過來這兒！」酒老頭大喝一聲，雙手抓著兩柄自鴨人手中搶來的長柄尖叉，趕去接應小次郎。

「吼吼——」阿修羅殺紅了眼，六手死命亂扒，他雖力大，趾間也長了蹼，照理說撥水力量奇大無比，但他從未接受過六隻手游水的訓練，亂扒亂踢，蠻力空轉枯耗，使他空有一身蠻力，卻也僅比小次郎游得略快一些。

酒老頭挺著尖叉自下方趕來，朝著阿修羅腹間方向虛刺幾下，趕緊游開。阿修羅咧嘴怒吼，只感到頭頂一個東西襲來，仰身揮拳一轟，將幾具壽爺扔來的水夜叉屍身擊得四分五裂。

突然，阿修羅怒吼一聲，他覺得眼睛發出莫名的劇痛。

是鬼蜥的毒液。

原來壽爺掏出了水夜叉的胃袋等臟器，讓鬼蜥將毒液注入其中，連同水夜叉的屍身一同拋給阿修羅；阿修羅揮拳亂擊，擊裂了那些裝有毒液的臟器，毒液在水中散開，瀰漫在阿修羅頭臉四周，刺得他睜不開眼。

自然，毒液在海水裡一下子便稀釋四散，但阿修羅閉眼這數秒之間，已足夠貓兒竄至他近身處，在他腰間扒出幾道深及內臟的巨大裂口。

「吼——」阿修羅睜開血紅雙眼，轉身揮拳，貓兒早已又游了老遠。他正要追，肩頭又中一叉，是百佳自上方發動的攻擊。

「百佳，鬆手！」壽爺見那阿修羅反手握住了百佳刺在他肩上的尖叉叉柄，連忙開口喊。

百佳聽見壽爺下令的同時即刻鬆手，但阿修羅握住叉柄的同時，便已將叉柄捏斷，往下拉扯。

百佳雖然鬆開了手，但這一瞬間，她便頭下腳上地讓阿修羅拉到了面前，她的臉距離阿修羅那盛怒的臉僅有數十公分。

「百佳！」貓兒、酒老頭、豪強同時發出驚喊，朝著阿修羅竄來。

阿修羅一記重拳深深擊入百佳胸肋之間——

再勾著百佳的身子，轉身砸在竄來救援的壽爺肩頭上。

壽爺瞪大眼睛，右手托著自己被砸歪的脖子，左手斜斜刺入阿修羅腰間那被貓兒劃開的裂口之中。

「啊——」豪強斜斜撞來，他用雙臂護著頭，使盡全身力氣，讓胳臂、頭臉上的尖角伸出了足足有一公尺之長，如同頂著十數柄長槍般撞向阿修羅。

阿修羅抬起三隻左臂格擋，擋下了豪強這記衝撞，大部分僅刺入阿修羅胳臂肉中數吋左右便紛紛繃斷，也有幾隻鈍角自阿修羅胳臂與胳臂的間隙間穿過，刺在阿修羅的胸肋皮肉上。

「喝！」游至壽爺身邊的酒老頭，鼓足了全力抬手一架，替壽爺擋下一記搥擊，另一手撈著壽爺，順著阿修羅的拳力往後頭漂遠。

阿修羅三臂一張，喀啦啦地將豪強伸來的那些鈍角盡數擊斷，揚起拳頭便要追擊豪強；豪強連忙翻身後退，右腳被阿修羅抓了個正著，瞬間覺得腳踝發出劇痛。

豪強回頭，只見阿修羅一手抓著他的腳踝，另外幾手拉弓揚起，做出揮擊姿勢，還未有所行動，突然身子一震，停下了動作。

原來是小次郎趁亂繞到阿修羅背後，將短刀捅進了阿修羅脖子裡，小次郎一擊成功，立刻彈遠。

豪強則逮著這機會，忍著劇痛讓腳踝處生出幾支鈍角，刺入那阿修羅掌中，逼他鬆開了手，豪強便使那些鈍角脫落，將腳抽回。

「媽呀，這樣還不死！」小次郎繞了個大圈，游到豪強身邊，見那阿修羅將插在頸子上的短刀拔出，一把捏成數截，肚子上的裂口都淌出腸臟，凶悍戾氣卻絲毫不減，朝著小次郎和豪強再次追來。

「別……別跟他硬碰，看他有多少血！」豪強和小次郎轉身逃游，豪強的腳骨在那阿修羅的握擊下折斷了。小次郎的尾巴在那阿修羅一記重擊之下，也有些扭傷，兩人盡力猛游，但那阿修羅卻越逼越近。

「這樣也好……」趁亂搶回百佳身子的貓兒，見百佳胸腹間凹陷一個大坑，已經死去。貓兒嘆了口氣，鬆開百佳身子，正準備趕往支援豪強和小次郎，卻感到後方一股激流湧來，她連忙翻了個身，避開兩記攻擊，回頭一看，又是一個阿修羅。

遠處通往外側的數條通道，其中幾堵厚牆，竟硬生生被裡外阿修羅和夜叉們聯手擊出了大洞。

更多的夜叉、鴨人、阿修羅擁了進來。

貓兒眼見光是朝自己追來的阿修羅，加上眼前這隻，共有四隻，終於意識到敵我雙方陣容強度上的巨大差異。

「過來這裡、來這裡呀！」守在大廳中某處不起眼角落那兒的蝦蟹士兵，一見通道被打通，立時揚起手上一只警報器，發出刺耳的鳴笛聲。

只見大廳中的蝦蟹士兵，一聽見那鳴笛聲，立時轉向，往那角落退去。

酒老頭、貓兒、小次郎等華江賓館成員，也登時想起這鳴笛聲是作戰計畫中撤逃號令。

小次郎拖著負傷的豪強奮力游往那笛聲方向，只感到後頭的激流越逼越近，那阿修羅拖著腸子就要追了上來。

一個黑影斜斜地竄來，是黑風。黑風此時化成犬形，四爪卻是古怪蛙掌，游速極快。牠讓豪強摟著頸子，盡力泅水，這才拉大了豪強和小次郎與阿修羅之間的距離。

「那是什麼？」小次郎指著眾人會合處前方，一處地板喀啦啦地揭開兩個方形大口。

一條條古怪觸手竄了出來。

其中一條觸手掠過小次郎身下，攔下了緊追在後的阿修羅。

貓兒、酒老頭、鬼蜥等也在觸手掩護下終於會合。酒老頭將壽爺揹在背上，壽爺受了阿修羅一記猛擊，頸骨重傷，此時氣若游絲、雙眼半閉，他一手托著無法挺直的腦袋，一手拍了拍酒老頭胳臂，說：「老酒鬼，把我擱下吧，我累了，不想逃啦。」

「累你娘！」酒老頭回頭瞪了壽爺一眼。「抓牢點，摔著你可不管。」

「壽爺、酒老……」小次郎大叫大嚷地趕來與貓兒等會合，指著遠處那阿修羅，激動叫著：「我捅了他一刀！那傢伙打死百佳……嗚！我在他脖子上捅了一刀。」

豪強則是揪起一名蝦蟹士兵，怒罵質問：「你們還有幫手，爲什麼不早派出來幫忙，讓我們搶在前頭犧牲！」

「守護者分身乏術，他只能掩護我們撤退，不能擋下所有敵軍！」那士兵瞪著眼睛回答。

「豪強，吵什麼！」酒老頭厲聲大喝，豪強這才鬆手，跟著眾人撤入後方一處隱密通道。只聽見背後打鬥聲逐漸逼近，想來是那些觸手也攔不下這麼多阿修羅。

他們在隱密通道中繞轉半晌，來到了通道盡頭，只見牆上有幾扇小窗，一名蝦蟹士兵在牆上一處機關按了按，一旁牆面轟隆隆開啓，出現了一個通往外頭的出口。

酒老頭領著華江賓館成員通過那出口，來到了神宮外側。

眾人面面相覷，這兒是深海神宮的側面，激烈的戰情比起內部有過之而無不及。低頭只見遍地都是雙方士兵陣亡的屍骸，抬頭只見廣大海域可是一處又一處的激烈戰局。

杜恩一方的科莫多龍、怪蛛、食人魚、海蟻虎等各式各樣的羅刹大軍，與圍繞在神宮四周的守軍激烈廝殺著；一時間小次郎等人甚至分不出眼前那些搏命廝殺的生物究竟哪個是敵人、哪個是友軍。

在十來隻蝦蟹士兵帶領下，華江賓館一行人沿著神宮壁面向上游去。神宮那猶如岩山的石質壁面上盤踞著一隻又一隻的巨大章魚，在大章魚周遭，也有巨大化的卡達蝦、電鰻等生物。

小次郎攀上了一處平台，回頭向正門出口望去，只見如潮似海的水蟻虎、各式各樣的羅刹大軍並未隨著水夜叉、鴨人等攻入神宮，而是攀上神宮外壁，似乎打算將守軍一舉殲滅。

「在這兒等就行了。」十來隻蝦蟹士兵，將華江賓館成員帶到了神宮一處高處小丘上，這兒視野極佳，四周還有許多類似的小丘，上頭都聚著守軍。

抬頭望去，上方以鯨艦爲首的神宮大軍正緩緩開動，他們的敵人並不是底下那數以萬計的羅刹大軍，而是逐漸逼近的四隻巨鯊。

四頭身長超過四十公尺的巨鯊，赤紅色身軀遍布不規則漆黑條紋，巨大的口微微張著，口中的利齒也是通紅一片。

這是破壞神級的兵器。

巨鯊身邊自然也跟著成群結隊的阿修羅與水夜叉，以及各式各樣的水中羅刹。

「我們打……打得過嗎？」小次郎才剛從那些阿修羅的追殺中逃出，心想光是那麼一隻阿修羅，便殺得己方人仰馬翻；儘管他再莽撞倔強，此時也知道敵我雙方戰力上可是有著無法單憑鬥志扭轉的巨大差距。

他回頭望了酒老頭背上的壽爺一眼，只見壽爺腦袋歪向一側，本來托著頭子的手也垂下了。

「呃?」小次郎呆了呆，伸手觸了觸壽爺胳臂，見他毫無反應，便想大力搖他，突然見到酒老頭轉頭望了他一眼，趕緊縮回手。

酒老頭半晌不語，突然將壽爺繫在手上的「殺」字胸章取下，將壽爺放下，讓他靠在小丘一處凹石上，向小次郎說：「小鬼，你自己看看吧。死了，就什麼都不是了，若你有機會活著離開這兒，記住，別成天想著打打殺殺了。」

小次郎往前兩步，在壽爺身邊蹲下，大力搖了搖壽爺，跟著，抬起頭環視眾人，從貓兒望到酒老頭，又從酒老頭望回貓兒，突然開口問：「百佳姊她眞的死啦……」

眾人沒理會他，而是紛紛往底下望去，下頭一陣陣細細碎碎的聲響逐漸逼進，成山成海的蟻虎攀上了神宮壁面，向各個守軍聚集處攻去。

上方，一陣尖銳的吆喝聲陡然響起，白牙領著一票侍衛，往前方紅黑巨鯊游去。

碩大的鯨艦也加快了前進速度，牠腹部那八個橢圓形隆起處上的豎縫，緩緩張開了。

CH07 抉擇

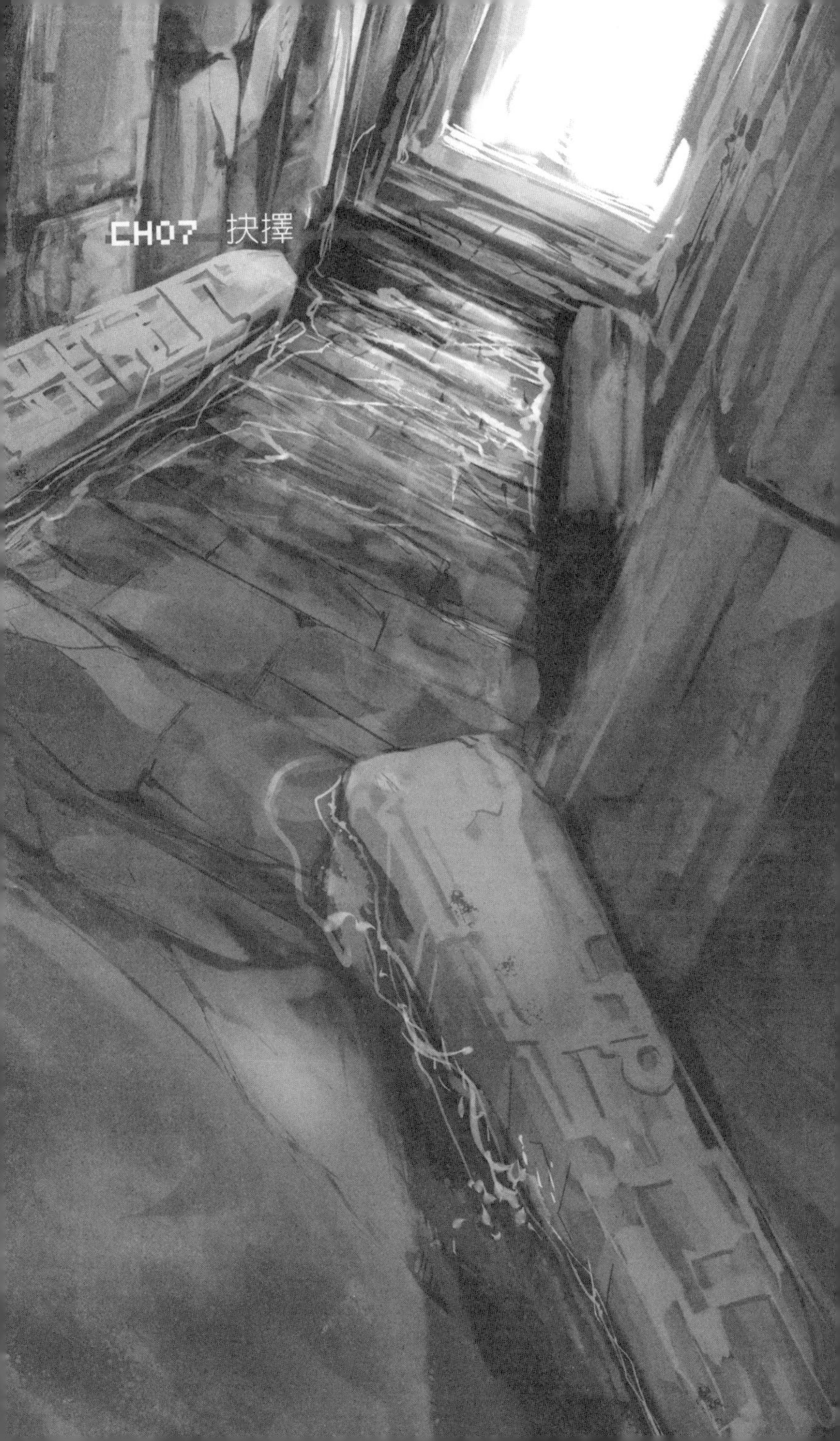

數根透明柱亮起紅光，裡頭亮紅閃耀的水生動物毛躁地擺著鰭、扭著身，努力地發光警示。

「大家動作快——」田綾香望著那透明柱，拉高了分貝：「大家動作快，杜恩已經抵達心臟地帶外頭的最後防線，守護者即將出戰，石魚隨時會出發！」

此時逃生室裡所有人員忙亂穿梭，大批研究資料和實驗樣品還陸續從各處運往這兒，所有人盡力將重要資料送入石魚體內，能載多少算多少。

「溫妮，走了！」斐姊聽了田綾香的吆喝，立時也向己方人員下令，這些石魚大小不一，斐姊和這批第五研究部成員有近百人，分配到三條中型石魚，每條石魚勉強能擠入三十餘人。

「是！」溫妮立刻按照先前的規畫，井然有序地指揮第五研究部成員分別乘上三條石魚。

這頭，倚在石魚外的狄念祖眼見警報紅光亮起，卻仍苦思不著向斐姊討來聖美的法子。他不想無功而返，被莫莉譏笑他連向斐姊開口都不敢，只得硬著頭皮朝斐姊走去，提出自己的要求。

「什麼？你想要聖美跟你們走？」斐姊瞪大眼睛，像是有些訝異狄念祖竟敢主動向她討東西。

「斐姊，我知道第五研究部賞罰分明，我在第五研究部那些日子裡，總算也立了些功勞，後續串連康諾人馬，將斐姊您救出斐家大樓實驗室的經過，您應該也聽說了……」狄念祖搓著手，唯唯諾諾地說。

「哼。」斐姊雖然一點也不將狄念祖放在眼裡，但第五研究部賞罰分明這規矩倒是千眞萬確。她皺了皺眉，面露不屑地問：「你這小子，不是已經有一頭母豬了，還想要第二頭母豬，看不出你胃口挺大呢。」

「不不……」狄念祖倒沒想到斐姊這麼看他，連忙說：「是這樣的，麥老大終究是康諾博士的恩人，康諾博士叮囑過我們，無論如何都要盡力醫治麥老大；但他現在神智不清，只聽聖美的話，要是聖美不在身邊，我們連麥老大平常生活起居都難以安排，更別說後續治療。我知道斐姊妳對這些女僕深惡痛絕，不如就順水推舟，賣康諾人馬一個人情，後續合作起來也愉快點，不是嗎？」

「你說得對，第五研究部賞罰分明，但要賞什麼、罰什麼，當然由我決定，不是小子你自己決定。」斐姊哼哼地說。儘管她也覺得狄念祖所言有點道理，聖美於她一點用處都沒有，若是送給寧靜基地，幫助麥老大後續治療，確實是個順水人情；但斐姊從不是這麼好說話的人，尤其在談判桌上，可絕不願意讓人這麼容易佔到便宜。

她說：「這樣好了，這母豬呢，是我妹妹、妹夫的貼身侍衛，我妹妹現在病了，腦筋不靈光，等我回去治好她，由她發落，到時候也可以順便一起討論如何幫助麥老大後續治療。我講明點，這深海神宮或許擁有造出厲害海怪的技術，但講腦部科技，仍不如我們聖泉，到時候麥老大要順利康復，或許還得靠我們吶。」

「嗯，斐姊說得是，我們會慢慢等。」狄念祖聽斐姊這麼說，也不好再死纏爛打，至少讓斐姊知道聖美並非全無價值，至少還能夠當個人情禮物；如此一來，最起碼能夠保住聖美的性命。

□

「少爺，按下這個按鈕，石魚的咽喉閘門便會自動關閉；另外這個按鈕，則是讓牠閉上嘴巴，簡單來說，石魚有兩道門。」溫妮向斐漢隆解說眼前近喉處，牆面上一處操作面板上幾枚按鈕的用途。

石魚是活體，行動由外頭一隊負責領路的「指路魚」負責指揮，但在胃袋艙箱中，另有一處簡易互動設備，讓裡頭的人員能夠透過按鈕和拉桿對石魚直接下達某些基本命令。

「這些我都知道，我這兩天也參加過這傢伙的控制教學啊。」斐漢隆似乎對於溫妮將自己當成小孩般教導感到有些不耐，他指著說：「我們在深海裡，千萬不能讓石魚張嘴，否則水滲進來，會將我們的肺臟壓爆，對吧！」

「抱歉，少爺，讓你厭煩了。我只是儘可能降低任何失敗的可能性。」溫妮不慍不火地答。

「好了、好了，妳去教少強吧，他那小子做啥事都漫不經心，就算上過課，大概也忘得差不多了，大姊要妳看著他是對的。」斐漢隆哼哼地說：「妳快去吧，我要來測試這石魚嘴巴啦。」

「是。」溫妮點點頭，離開了這條石魚，轉而攀上斐少強搭乘的那條石魚。第五研究部搭乘的三條逃生石魚當中，其中兩條分別由斐漢隆和斐少強坐鎮指揮，斐姊則親自押解大堂哥、聖美和妹妹斐霏；但斐少強畢竟年少，斐姊擔心途中生變，便讓溫妮陪同斐少強。

喀——喀喀——

斐漢隆在那石魚胃袋艙箱裡頭按下了「閉口」按鍵，足足等了四、五秒，石魚才緩緩闔上嘴巴，這是因爲石魚並非機械，按鈕是對牠下令而不是實際操縱牠，斐漢隆花了一兩分鐘，確認了這石魚確實乖巧遵照他的命令張口閉口，這才正式「關門」，按下出發鍵。

石魚緩緩退出軟體動物牆，進入專屬的水艙待命，準備出海。

「所有人停止手邊動作，全部進石魚嘴裡！我們要出發了——」墨三和傑夫透過透明柱中的水生探子，得知此時位於最後防線裡的守護者已經落敗，康諾親手打開心臟地帶的門；同時會議大廳阻住通路的幾堵厚牆紛紛被攻破，神宮各處的伏兵都轉往暗道向外撤離，準備掩護石魚離開。「再五分鐘，逃生外艙的水門就會開啓，石魚會入海，大家動作快！」

「斐霏、斐霏！」斐姊見眾人已陸續領著大堂哥和聖美進入石魚口中，但斐霏卻獨自蹲在那發著紅色光芒的透明水柱旁。

透明水柱旁的升降梯仍持續運作著，卻未再有人員上來。所有人已經聚往石魚處，一條條載滿成員的石魚紛紛閉上嘴巴，緩緩向後退著，退入了軟體牆後，等待水門開啓。

斐霏回過頭，臉色蒼白如紙。

她站起身來，雙手插在外套口袋裡，往斐姊走來。

「妳怎麼了？快點呀，要撤退了。」斐姊見斐霏動作緩慢，便趕上迎接，回頭見溫妮站在石魚嘴外，望著自己，便朝她喊：「妳站在外面做什麼？還不進去帶少強走！」

「是……」溫妮盯著斐霏，只覺得斐霏神色有異，但此時此刻卻又無法分身，她轉頭見斐少強佇在那操作面板前，露出一副躍躍欲試的模樣，便趕緊開口喊：「少強少爺，你別急，讓我來……」

「先關嘴巴，再關上咽喉？是這樣嗎？」斐少強問著身旁兩名接受過石魚操作訓練的研究員，聽他們答「是」，立時伸手在那通知石魚闔上大嘴的按鈕上一按；一見溫妮還佇在石魚嘴邊，連忙大喊：「溫妮，妳還在那幹嘛？我按下關嘴巴按鈕啦，快進來呀！」

「斐姊……」溫妮不禁焦急起來，轉頭見斐姊已將斐霏扶至另一處石魚嘴前，且感到腳下發出晃動，知道石魚要閉上嘴了，連忙退回艙箱中，與斐少強一同按下咽喉處的關門鍵。

石魚緩緩挪動起身子，將腦袋退回軟體牆外。

「飯，爲什麼大家的魚都走了，我們的魚還不動……」糨糊見到狄念祖步回石魚艙箱中，便將他那條伸到魚嘴巴邊還沾著顆眼睛的黏臂收了回來，問：「我們的魚是不是壞了？」

「……」狄念祖沒有理會糨糊，而是大致和莫莉低聲交頭接耳一番，將斐姊的意思轉告給她。莫莉也知道斐姊脾性，自然莫可奈何。

「飯！快叫魚動啊，笨魚不動，我們就要游輸其他魚啦——」糨糊將黏臂伸到狄念祖身邊，扯住他的褲管拉個不停。

「你給我安靜！」狄念祖一把揪住糨糊那條黏臂，對著上頭的獨眼說：「我們不是賽跑，是在逃命，你不要煩我！」

一直佇在石魚嘴邊，等待主人田綾香上來的傑克，突然躍到狄念祖肩上，對著被狄念祖揪著的那條黏臂上的獨眼說：「糨糊小弟，是這樣的，傑夫負責麥老大的後續治療，所以和我們搭乘同一條石魚，但是傑夫還要協助墨三斷後、開啓水門，所以按照順序，我們是最後兩條出發的石魚。」

田綾香是現在寧靜基地的頭目，傑克便也以寧靜基地第二號人物自居。當主人不在時，便像個大家長般招呼眾人、指揮一些階級較低的寧靜基地成員行事。他見糨糊有疑問，便認眞地回答他的問題。

「貓，我聽不懂你在說什麼，爲什麼我們的魚不會動？」糨糊一邊想抽回那沾了顆眼睛的黏臂，一邊對傑克的回答有些不服，嘟嘟囔囔地繼續追問：「我們現在要去哪裡？」

「……我去找主人。」傑克儘管囉嗦，也知道糨糊不可理喻，便躍下狄念祖肩膀，往外頭跳，找田綾香。

□

「斐霏？妳到底怎麼了？」斐姊扶著斐霏來到了石魚嘴邊，見她臉色愈漸青慘，額上的汗滴大顆大顆滑落，來到了鐵梯旁，卻仍將雙手插在口袋裡。

她見到斐霏深色外套的口袋縫線處，隱隱滲出血跡。

「妳！」斐姊大驚失色，一把揪著斐霏胳臂，將她右手自口袋裡拉出。

斐霏的前臂近腕處只剩下一截斷口。

沒有手掌。

「姊……」斐霏苦笑了，將左腕也抽出了口袋。

同樣沒有手掌。

也沒有抑制手環。

數條金黃色尾翼烈風般地自斐霏背後揚起，在斐姊尚未反應過來之前，竄進了她心窩。

「那邊怎麼了？」傑夫、墨三、田綾香等一票負責斷後的成員們，正拉下水門拉桿，準備撤離時，卻驚見斐姊被斐霏以尾翼高高舉了起來。

「什麼！」「那是斐家的鳳凰基因！」「她不是戴著……啊呀她的手沒了！」墨三這頭一票人駭然大驚，一下子尚不明白戴著抑制手環的斐霏，是如何切除自己的雙手。

「妳……」斐姊雙眼圓瞪，盯著斐霏那雙斷腕，只見她臉色發青，斷腕猶自滴著血；斐姊的視線，循著斐霏身上那深色外套口袋上的血跡一路看去，從地面上的血點，到剛才斐霏蹲著的那透明柱。

附近有一處升降梯。

升降梯地面那孔洞邊緣，有些許血跡。

斐霏是趁著紅光警報響起、大夥慌亂地準備往石魚擁去時，按下了升降梯開關，將雙手伸入升降梯孔洞中，讓降下的升降梯將她雙手截斷。

唯有如此，才能摘除她雙腕上的抑制手環。

再對毫無防備的斐姊，使出致命一擊。

「妹妹……爲了那樣的男人，值得嗎？」斐姊此時的神情只有悲悽，而不見憤慨。

「我……我不知道……」斐霏淚流滿面，搖搖頭。「我只知道我必須這麼做……」

「阻止她！」田綾香見斐霏高舉著斐姊，又以其他尾翼在斐姊身上搜索時，驚駭大喊著。

斐霏一條金黃尾翼自斐姊胸前口袋裡抽出，尾翼尖端捲著抑制手環的鑰匙。

斐霏以尾翼捲著斐姊，闖進了陷入動亂的石魚之中。

「啊！」「斐姊！」裡頭的研究員見到斷了手的斐霏挾持著斐姊，自然驚駭至極，一時間完全不知該如何是好。

斐霏尾翼揚起，大步往前，所及之處，離得近的研究員不是身首分離，就是開膛剖腹。

「聖美，這是鑰匙！保護正男！」斐霏揚動尾翼，將那鑰匙拋給聖美。聖美接過鑰匙，立時解開了自己和大堂哥的抑制手環。跟著，她在一名被斐霏殺死的研究員身上，搜出了囚禁寶兒和玉兒的金屬箱子鑰匙，將寶兒和玉兒放了出來。

「妹妹，妳這辦法……只救得了袁正男，妳自己卻會死……」斐姊神情平靜，她見斐霏面容蒼白得可怕，斷腕處血流不多，顯然斐霏在斷腕時爲了避免引起注意，且等待抑制效力退去，花了數分鐘的時間讓鮮血潺潺流失，此時她已嚴重失血，靠的是鳳凰基因的強悍力量支撐。

「姊，我知道，但這是我唯一的辦法……」斐霏苦笑，按下關門鍵。

石魚大嘴緩緩闔上。

「……」斐姊也笑了，她緩緩抬起手，摸了摸斐霏的臉，說：「是我錯了，我不應該疏忽了妳的感受，但……」

「大姊要讓妳失望了……」斐姊仰起頭，似乎鼓起全身最後的力氣，巨大的鐵翼自她後背展開，鋼鐵尾翼一條條竄射而出。

十數條鋼鐵尾翼並未攻向大堂哥。

而是往上方竄去。

穿過艙箱，穿入石魚的腦部。

「大姊，妳！」斐霏駭然尖叫，正欲阻止斐姊，卻感到尾翼上的斐姊身子突然一癱，巨大的雙翅疲軟垂下，一片片鐵羽落了下來，十數條鋼鐵尾翼也紛紛斷碎。斐姊的臉緩緩倚上斐霏的肩，暖呼呼的血自斐姊口中淌出，染紅斐霏半邊身子。

「姊……」斐霏用斷腕抱住了斐姊身子半晌，痛哭失聲；跟著，她聽見外頭的騷動，且感到石魚一動也不動了，立時轉頭，朝著聖美下令。「聖美，恢復力氣沒？」

「有……有了！」聖美和大堂哥似乎也被眼前的慘烈情景震懾住。大堂哥不停張手握拳，只覺得那消失的力氣正迅速回到自己身上，他抖了抖手，唰地甩出黏臂，捲起幾名研究員屍身，擰成兩截。「我有力氣了，我能使用海怪基因的力量了！」

「快，這石魚死了，我們殺出去，去搶其他石魚！」斐霏這麼喊著，來到嘴處，尾翼張揚，數條向下、數條向上，猛地一撐，撐開了石魚大嘴。

石魚正退到一半，半截嘴巴還卡在軟牆上；在斐霏硬撐之下，軟牆和石魚嘴巴之間出現些微缺口，海水緩緩滲了進來。

「哇！她出來了！」外頭聚來的墨三、傑夫和蝦蟹士兵們，見到斐霏出來，嚇得全往後退。

「快，我們快走——」田綾香見到斐霏盯著遠處另外兩條石魚，立時知道她的目的，揪著墨三和傑夫轉身就跑。「她要搶我們的石魚！」

「怎麼回事？」另一頭，兩條石魚那兒的人聽見了外頭騷動，紛紛探身出來看。

「哇！」見著外頭情景的狄念祖，雖不清楚前因始末，但他見斐霏揚著尾翼，大堂哥和聖美殺氣騰騰地衝來，自然知道來者不善，連忙躍下鐵梯，右臂一展，化出巨大拳槍，大聲喊著：「向城、強邦，兩位大哥，快來幫忙——」

本來靜靜坐在座位上的向城和強邦，聽見狄念祖的命令，立刻奔出石魚，來到狄念祖身邊；更後頭，月光和眾小侍衛也躍下鐵梯。她一見到大堂哥，身子一顫，一時間六神無主。

「聖美，上！」斐霏喘氣不止、汗如雨下，領著聖美衝向狄念祖一行人。聖美喊了喊寶兒和玉兒，左右握著他們雙臂一抽，抽出兩把銳劍，躍在最前頭打前鋒。

「大家小心——」狄念祖擺開架勢。他知道聖美的力量雖不如自己，但速度快絕、戰技純熟，更遑論此時她身後還有斐霏和大堂哥，不敢大意；他深深吸了口氣，聚精凝神，右臂拉弓上膛，朝著襲來的聖美空揮數拳，其中一拳還順勢擊出幾枚蟹甲彈。

聖美與狄念祖對陣過數次，知道他右拳威力，謹慎避開他幾記刺拳和蟹甲彈，趁隙挺劍出擊。

「又來這招。」狄念祖見聖美那雙劍劍刃上生著數根倒刺，想起上一次對陣被她在身上插了好幾把劍，不禁頭皮發麻。他晃了晃右拳，讓自己的拳槍再次進化，由本來的巨型蟹甲人拳，變成一把巨型蟹鉗。

他新練成的改良型卡達砲雖然只能在液體中使用，但這二階段進化的拳槍，那怪模怪樣的蟹鉗挾力驚人，若是挾中聖美長劍，立時便能將之箝斷。

兩人皆因顧忌著對方的武器，不敢莽撞突擊，而是試探遊鬥。狄念祖卡達砲連發，全是虛擊刺拳，他的碩大拳槍射程極遠、出拳飛快；聖美腳程再快，一時也難以繞到狄念祖背後。

「滾開——」這頭，斐霏對上了向城和強邦，她怒喝著甩動尾翼，左右一陣亂鞭，向城小腿被鞭中，倒在地上；強邦腰間捱了兩鞭，也翻倒在地。

斐霏正要追擊，卻突然覺得一陣暈眩，搖搖晃晃地後退了兩步，只見向城和強邦同時翻身躍起，一前一後地竄到斐霏身前；強邦一記勾拳勾在斐霏腹上，將她打得彎下腰來，後頭的向城挺身躍起，一記膝頂撞在她胸口，將她撞得嘔出血來，不住後退——

斐霏自斷雙腕，早已失血過量，她在擊殺斐姊的當下已經出盡全力，現在是強弩之末，攻擊力道只剩下不到兩成。

「正男、正男……」斐霏感到眼前一片暈黑，死命揚開尾翼，對著來襲的向城和強邦一陣掃打。「快幫忙，用你的……海怪……」

斐霏還沒說完，一條電線桿粗細、有如巨蟒般的手臂倏地鞭來，捲上強邦身子，猛一拋，將強邦重重拋砸在一根透明柱上；轟隆一聲，透明柱崩裂，柱內流水洶湧洩出，一條條閃著紅光的小魚小蝦也傾撒一地。

向城轉而攻向大堂哥，也被大堂哥甩來的巨臂掃倒，大堂哥巨臂力量遠大過斐霏虛弱的尾翼，這一擊可轟碎了向城數根肋骨。

大堂哥上前扶住斐霏，收回手臂，望著自己手掌，只覺得力量源源不絕地自體內漫出。他咦了一聲，看見了猶自佇在石魚底下不知所措的月光。

「蘇菲亞，我不是要妳殺狄念祖嗎？」大堂哥一雙眼睛閃動著一青一橙的奇異光芒。「爲何妳這麼多天都沒殺他？」

「我……我……」月光打起顫來，只覺得腦袋裡嗡嗡作響，後退了幾步。

「公主，別聽他的話！」米米握住月光的手，對著糨糊和石頭說：「你們這兩個小傢伙，還不去幫忙狄大哥！」

「哼，我爲什麼要聽妳的？」糨糊瞪大眼睛，也拉著月光的手。「妳又不是公主，妳憑什麼命令我？」

「糨糊……公主……」石頭似乎倒是記得月光曾經下過的命令。「說過……要我們……保護……飯……」

「飯又不需要我們保護他，你看他手那麼大一個，一拳就可以把那兩個笨小孩打飛，把他們的公主也打飛。」糨糊強辯。

「妳不聽我的話？」大堂哥有些惱怒，見月光依舊沒有動靜，便往狄念祖走去，一雙光滑黏膩、浮現奇異斑紋的雙臂甩了甩，甩成兩倍長，唰地朝狄念祖鞭去。

狄念祖與聖美對戰時，一直留意著大堂哥的身體變化，早有所防備，他見大堂哥甩來巨臂，立時揮動拳槍格擋，重重打在大堂哥揮來的大掌上。

但大堂哥此時那粗長胳臂柔如泥鰍，卻又極其堅韌，竟如蛇一般地捲著了狄念祖整柄拳槍。

「哇！」狄念祖見拳槍受制，眼前聖美立時竄來，雙劍閃電刺來，他狼狽閃避，只覺得大堂哥那胳臂怪力猶勝自己體內的急速獸化基因，腳下的速度又不如聖美，僅能以左拳勉強迎戰；閃了幾劍，終於躲不過，左肩給插了一劍。

聖美如上次一般，立時鬆手棄劍，自寶兒身上再抽出一柄生著倒刺的長劍。

狄念祖肩上插著一柄劍，劇痛難當，行動更加遲緩，眼見聖美下一劍又要刺來，嘩地數條灰影自背後掠過，刺向聖美，逼得聖美向後躍開。

是石頭，石頭見狄念祖中劍，本能地執行月光命令——保護狄念祖。

「飯，你怎麼那麼笨！」糨糊也跟在石頭之後，心不甘情不願地奔上助陣，他見狄念祖肩上插著一柄劍，二話不說就甩去數條黏臂，捲著劍柄，硬生生地將劍拔出。

「哇啊——」狄念祖慘號一聲，那長劍長有倒刺，被糨糊以蠻力拔出，傷口皮開肉綻；他痛得雙腿一軟，渾身脫力，被大堂哥高高捲起，猛地一甩，撞在天花板上才跌落地面。

「哎呀！」果果自石魚內探出頭來，見到外頭戰局緊繃，驚訝不已，連忙對身邊的阿嘉下令：「阿嘉，快去幫狄大哥！」

阿嘉點點頭，一縱身落在地面，倏地一竄，來到聖美面前，攔下正欲追擊狄念祖的聖美。

阿嘉和聖美有過一場生死對戰。那時他體型壯碩，速度不及聖美。那場戰鬥，阿嘉最後慘敗給出手相助的麥老大，受了重傷。在奈落之中接受治療，身子變成少年體型，力量雖大不如前，但與提婆級別的聖美相較，也不致於落後太多。

此時的阿嘉雖然露出怒容，但和先前那種阿修羅渾然天成的凶惡殺氣卻有些不同，他在聖美周圍亂奔亂跳，偶爾亂拳揮擊，全無章法，聖美知道阿嘉身形儘管與先前大不相同，但終究是阿修羅，不敢小覷。

狄念祖氣呼呼地站了起來，摀著左肩，對著糨糊破口大罵：「你這小王八蛋，我有要你拔劍嗎！」

「你肩膀上插一把劍怎麼打架，我幫你拔出來你還罵我！」糨糊大聲反駁。

「媽的……」狄念祖怒不可抑，作勢要去修理糨糊，突然側身一扭、拳槍一撈，以那二次變化的拳槍蟹鉗，箝住大堂哥二度甩來的粗長巨臂。

喀嚓一聲將之箝斷！

原來狄念祖知道大堂哥缺乏臨戰經驗，便故意佯裝和糨糊鬥氣，心想他必會從後頭偷襲，再算準時機逮個正著。

「啊……」大堂哥摀著被箝斷的右臂，顫抖著後退，但數秒之間，斷臂處的劇痛便隱隱消退，取而代之的是一陣痠刺麻癢的怪異感，他的手迅速地再生而出。

「哈哈……哈哈哈……」大堂哥望著自己快速再生出的手臂，一股異樣的興奮感油然而生，膽子也大了起來，抖了抖手再將雙臂抖長，準備再次發動攻擊。

「傑夫，你們先走，我來斷後！」墨三見傑夫攀上寧靜基地那條石魚，立刻大聲催促。

「能走一條算一條，水門已經開了，再不走，外頭的護衛軍擋不了那麼久——」

「你怎麼辦？」傑夫著急地問，不時轉頭望向石魚艙內。裡頭的麥老大本來死也不肯喝下莫莉準備的安眠藥劑，大夥兒好不容易才說服他吃藥，藥還未入口，他隱隱聽見聖美喊聲，躁動起來、吵鬧不休。

「我？」墨三瞪著眼睛，大聲嚷嚷：「我還怕水不成？你快走，再不走來不及了！」

「等等……」田綾香也攀上石魚，見到傑夫似乎同意墨三的喊話，正轉身去操縱艙牆上的按鍵，急得大喊：「狄念祖怎麼辦？他身上沒有半魚基因，向城、強邦也沒經過半魚基因改造，他們、他們……」

田綾香說到一半，突然像是想到了什麼，連忙轉頭，高聲大喊：「等等，你們別打了，聽我說——」

「袁正男，別打了，石魚讓給你們一條——」田綾香拔聲尖喊。

大堂哥停下動作，望著田綾香，只見田綾香對墨三喊著：「墨三，那條石魚讓給他們，所有人上我們這條石魚！」

「也只能如此了……」墨三望著底下戰情，嘆了口氣，轉身大喊幾聲，吆喝著眾人離開。

這頭，田綾香也高聲下令，將裡頭研究資料、隨身行囊全往外扔，盡量清出空間。底下，幾名蝦蟹士兵救回向城和強邦，扶著他們跟在墨三等深海神宮的研究員們後頭，準備攀上石魚。

狄念祖摀著傷口，與阿嘉、糨糊和石頭一齊退回月光身旁，警戒地望著大堂哥等人。

「……」大堂哥望了懷中氣若游絲的斐霏一眼，見墨三那條石魚已然清空，便對著前方的月光說：「蘇菲亞，妳跟我走。」

「是……」月光身子一顫，怯懦地往前幾步。

「公主！」「月光！」狄念祖、小侍衛們見月光竟要和大堂哥走，可大吃一驚。

「我的頭好痛……」月光神情茫然，輕輕揉著額頭，又往前幾步，低下頭，只見小侍衛們都拉著自己，又見到狄念祖神情哀淒，苦笑了笑，對米米說：「米米，妳聽我的話嗎？」

「聽……」米米點點頭，不停搖晃月光手腕，說：「公主，我們跟狄大哥走，不要跟王子走……」

「米米、糨糊、石頭，以後你們好好照顧狄，把他當成你們的主人……」月光這麼說完，撥開小侍衛們的手，走向大堂哥。

「公主、公主！」小侍衛們騷動起來，全跟在月光後頭。

「狄念祖，算了。」田綾香在石魚嘴邊指揮眾人入艙，見到狄念祖隻身一人站著，便喊著他：「讓她去吧——」

「米米，妳帶糨糊他們走。」月光走到大堂哥面前，見米米、糨糊等仍跟在她身後。「帶狄一起走。」

「不要——」糨糊哭哭啼啼地抱著月光的腿，叫嚷起來：「公主，爲什麼妳要丟下我們？」

「我……」月光只覺得腦袋痛麻漸劇，狄念祖悲悽的神情令她心碎，她嗚一聲哭了出來，扯著喉嚨朝狄念祖喊：「狄，快把糨糊他們帶走，以後……以後好好照顧自己。」

月光喊完，見狄念祖動也不動，便轉身不再看他；但她轉向大堂哥時，目光與斐霏雙眼對上，不禁顫了顫。

斐霏雙眼無神，她已死去。

「……」狄念祖望著月光的背影，默默無語，聽見石魚上眾人都在喊他，回過頭去，只見包括阿嘉在內，大多數人都擠上了石魚，只剩幾名蝦蟹士兵，攙扶著負傷的向城和強邦往鐵梯上攀。

「你們先走，我晚點跟上。」狄念祖這麼說。

「什麼！」田綾香大喊：「你身上沒有半魚基因，怎麼跟上？」

「搭個便車囉。」狄念祖指了指大堂哥那條石魚。

「你在想什麼，他不會讓你上去的！」田綾香怒喊：「快上來！」

「水門已經開啦——」墨三也跟著大喊。「石魚要閉上嘴啦！」

只見先前被斐姊擊斃的那條石魚還卡在軟牆上，石魚屍身與軟牆間的縫隙滲出的水流逐漸加大，軟牆外那待命水艙的對外水門已經漸漸打開，海水即將灌入整個逃生室。

「強邦、向城，兩位大哥。」狄念祖突然大喊：「這是我最後兩個命令，你們聽好——」

「石魚出發之後，你們改聽田綾香的話，從此按照她的命令行動。」狄念祖轉過身，大聲對著攀上石魚嘴巴的向城和強邦下令：「現在，我要你們進入石魚肚子裡，命令老章魚墨三把石魚嘴巴關上、讓石魚出發！他不聽話，你們就打到他聽話爲止……記住別打太大力，下手輕點啊！」

「什麼——」田綾香沒料到狄念祖竟這麼對向城和強邦下令，頓時驚駭莫名，轉身只見向城和強邦一把推開蝦蟹士兵，凶狠地擠入艙裡，果眞逮著了尚不明白狀況的墨三，威嚇他關閉石魚嘴巴；墨三正要表示不滿，肚子就被向城掄了一拳。

「狄念祖，你……」田綾香轉頭，見狄念祖對她做了個鬼臉，不禁大怒：「你到底在想什麼？」

「田小姐，妳忘記妳說過的話嗎？」狄念祖哈哈大笑說：「妳說不論我做什麼決定，都會支持我。」

「……」田綾香一時無語，正想著說詞，突然感到四周震動起來，石魚的嘴巴緩緩關上了，她連忙退入艙箱。原來向城和強邦揪住了墨三，強邦要他關門，向城見他不動便打他肚子，墨三莫名其妙地捱了向城四、五拳，只得乖乖按下關門鍵，對石魚下達了出發命令。

喀啦——石魚嘴巴闔上了，咽喉處的艙門也隨之關閉。

所有人搖晃起來，石魚退出軟牆，轉身，游入了深海。

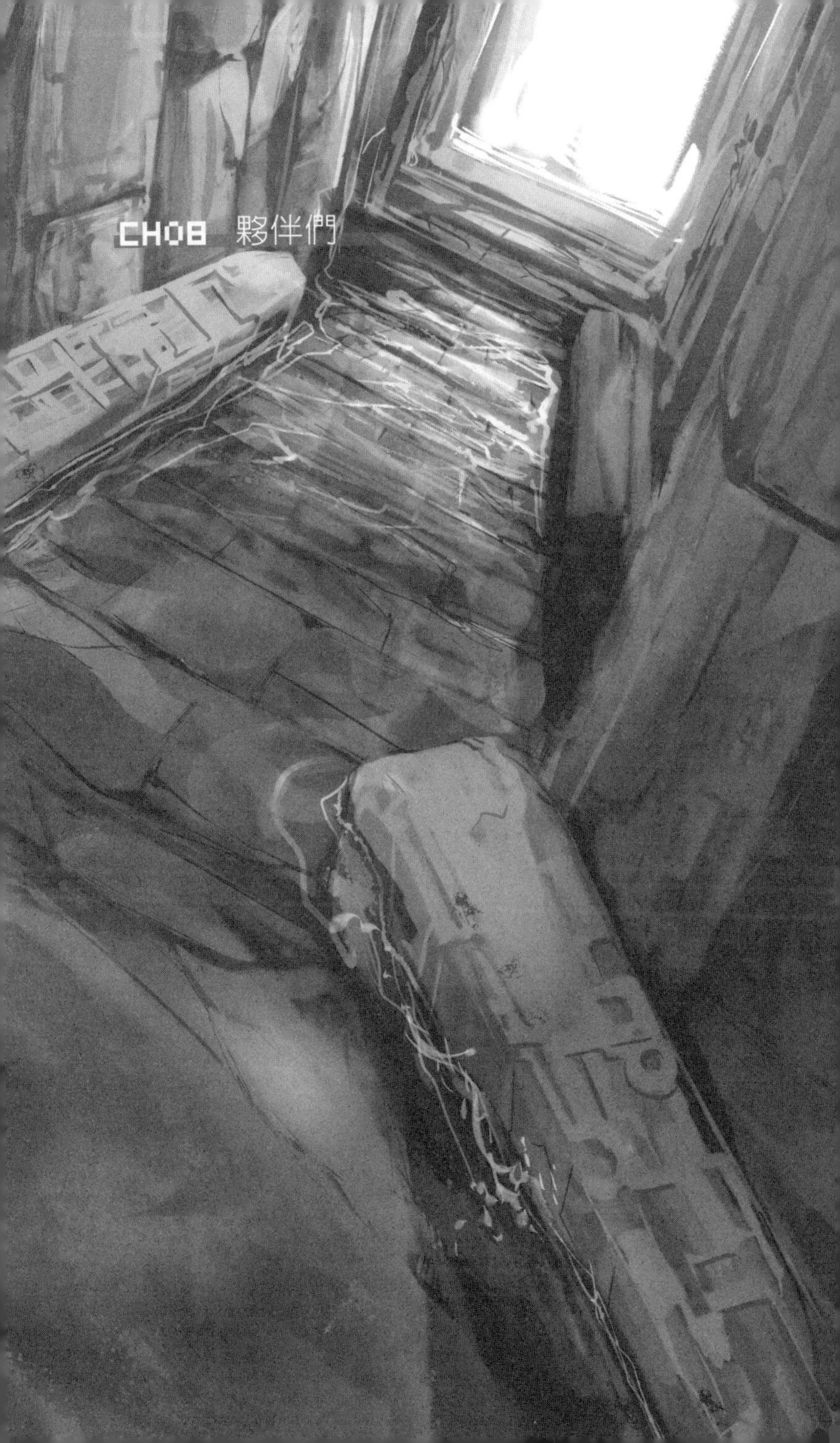

CH08 夥伴們

一面數公尺長的弧形螢幕，正顯示著深海神宮上方的戰局。

畫面上，鯨艦正面迎戰四條巨鯊破壞神，兩方緩緩接近中，在前頭打頭陣的鯨豚鯊魚、水夜叉阿修羅等早已殺得難分難解。白牙持著一柄長叉，踏著那青色烏賊，在敵方的水夜叉、鴨人、阿修羅陣裡穿梭游擊，刺死一隻隻夜叉和鴨人，如入無人之境。

「你自認你那條大鯨魚，能對付我幾隻『紅鯊』？」杜恩望著弧形螢幕，像是有些後悔自己太早踏入神宮，他似乎想瞧瞧鯨艦與「紅鯊」一對一的場面。

「如果你說的『對付』，是指『宰殺』的話……」康諾聳聳肩，說：「那或許鯨艦一隻都殺不死，你們聖泉破壞神級兵器的破壞力，人盡皆知，我自嘆不如。」

「過頭的謙虛，反而令人生厭。」杜恩瞪了康諾一眼。

「老友，我不是謙虛。」康諾無辜地說：「鯨艦並不是攻擊型兵器。這樣吧，我反問你，你認爲你的紅鯊，得花上多少時間才能咬死鯨艦？」

「哦？」杜恩聽康諾這麼說，倒是提起些興趣。「你的意思是，鯨艦擁有紅鯊都咬不穿的防禦力？」

「算是吧。」康諾攤攤手說：「但實際上牠當然沒和破壞神級的兵器作戰過，我只能相信牠能撐久點。如果三口就被你的紅鯊咬死了，那也沒辦法，我們盡力了。」

「哼……」杜恩望了幾秒，像是已對紅鯊與鯨艦的對決失去了興趣。他說：「你說的『心臟』呢？在哪？」

「嗯。」康諾指向一角。

那是個位在幾個矮櫃之間，一具不起眼的灰色古舊儀器。那儀器外觀奇特，呈圓桶狀，比瓦斯桶大些，那並非尋常科學或醫療器材，而是聖殿神宮中的原始儀器。

杜恩見過這樣的東西，南極神宮也有一具，同樣不起眼、同樣古舊；但不同的是，深海神宮這儀器在圓柱下方有些管線，銜接在後頭壁面上的孔洞之中。

「這是『心臟』？」杜恩皺起眉頭，面露狐疑。

「『心臟』是我們當年做出各種假設時，使用的名詞。」康諾解釋：「如果現在要我重新給予『它』一個名詞，我想我會用『大腦』這個詞。」

「什麼？」杜恩瞪大眼睛。「『它』會思考？」

「我、當、然、會。」

一個奇異的聲音在這小小的心臟地帶迴盪起來。

本來昏暗的小空間裡，霎時變得五彩繽紛。

弧形天花板跳動、閃耀著各式各樣的畫面，那些畫面分離交錯，看來像是記錄影片，有些是海洋、有些是叢林。

數十道光點射下，在杜恩面前凝聚出一個古怪形體，類似立體投影。

「你……」杜恩瞪大眼睛，望著眼前那個頭只到自己腰間的老傢伙。

那圓滾滾的老傢伙老得看不出年歲，頭髮、鬍子都垂到了地上，只露出一顆眼睛，舉起一雙布滿斑點和皺紋的老手，像是要和杜恩握手一般，且笑呵呵地說：「我、聽、說、過、你，一直、想、見、你、一、面……」

「……」杜恩伸出手，什麼也沒碰著，更加確信眼前這東西只是立體投影。

「別告訴我，這只是你的惡作劇。」杜恩瞪著康諾。立體投影並非什麼高明技術，即便這影像能夠與他對話，也仍是現有電腦科技便能夠做到的戲碼。

「你以爲我請人做動畫騙你？」康諾哈哈一笑，說：「是不是騙你，你和他聊聊不就知道了。」

杜恩聽康諾這麼說，默然半晌，問：「告訴我你是誰？」

「我、啊……」老傢伙又呵呵笑了。

□

「哇，打了、打了——」小次郎尖叫地指著上方海域。

一條紅鯊張開大口，咬住了鯨艦左鰭，猛地扭身一扯。

鯨艦那左鰭竟像是麻糬般被拉長了十數公尺長，卻未脫離鯨艦巨體。

那紅鯊像是一時之間還不明所以，大嘴不停張闔，像是試圖將口中咬著的部分吞下肚去，但牠大口之中那部分左鰭肉身時而液態散化、時而凝聚成塊，某些嚥進咽喉的部分又會快速溜出。

「那是怎麼一回事？」小次郎看傻了眼，遠遠地只見那紅鯊張了張嘴，鯨艦左鰭全從那紅鯊口中滑出，往鯨艦身上聚去，恢復成原本的左鰭模樣。

小次郎尚不明白，只見又兩隻紅鯊，同時咬住了鯨艦左側身子和右側臉。

和上隻紅鯊咬著左鰭時的情形一般，鯨艦腹間、臉上各自被咬脫了好大一塊肉，卻未流出一滴血，且紅鯊嘴巴便像是吃著黏嘴的納豆一般，利齒間透出無數絲線，牽著鯨艦被咬之處的缺口。

兩隻紅鯊嘴一張，那些肉塊又溜回鯨艦軀體上。

大批水夜叉、阿修羅、鴨人上下左右包圍了鯨艦，或持武器、或以拳腳對鯨艦全身展開猛攻。

鯨艦下腹八處豎縫緩緩張開，一條條半透明古怪觸手自那豎縫垂下。

不一會兒，八處兩公尺長的豎縫，張成了八個直徑兩公尺的圓孔。每個圓孔都垂下超過千條古怪觸手，那些觸手有粗有細，粗的近乎成人胳臂，細的則僅有手指尺寸，但共通點是極長。觸手向下垂放了將近十五公尺長，半透明的肉質中，隱隱可見微微螢光在其中閃動。

突然，這數千隻觸手緩緩向上揚起。

嘎——圍繞著鯨艦不停攻擊的水夜叉、鴨人、阿修羅，以及各式水生羅剎，一碰著那些觸手，立時像是觸電般彈開。

然而他們並沒有受到多大的傷害，退開老遠，檢視了被觸手沾著的地方，再次露出怒容，殺向鯨艦和那些觸手。

水夜叉和鴨人揮動著尖叉和利爪攻擊那些觸手，但那些觸手便和鯨艦軀體一般極難斬斷，即便斬斷了也會自己溜回斷口處，重新接合起來。

「爲什麼呀！」小次郎想破腦袋也想不透鯨艦爲何如此耐打，突然聽見後頭一陣叫喚。

「石魚出來啦，大家準備！」蝦蟹士兵們挺起武器，井然有序地向後撤退，一隻隻攀伏在整座神宮上的巨大章魚也紛紛浮游起來，此時整座神宮前端只留下一批巨型卡達蝦和大蟹，擋著不斷攀上的蟻虎和科莫多龍等羅剎。

小次郎隨著眾人游到了神宮後側，只見一條條石魚竄了出來，斜斜地向上游竄；巨大章魚群緊跟在後掩護，華江賓館一票成員和蝦蟹士兵們便混在章魚群之中，共同斷後。

「怎麼……」小次郎正覺得有些古怪，回頭一看，只見白牙、人魚雪莉等本隨著鯨艦一同作戰的神宮戰士，也追隨著石魚開始撤退。

甚至連巨大的鯨艦都調頭轉向，緩緩跟著石魚移動。

四條破壞神級的巨鯊殺紅了眼，瘋狂啃噬著鯨艦軀體，但無論牠們怎麼啃，那些肉塊都會在牠們嘴巴張闔之際又從口中溜出來，竄回原本的位置上。

大批的阿修羅、水夜叉、鴨人被鯨艦那數千條會造成怪異刺痛的長觸手不停逼退，然後再擁上亂殺。

自然，也有些繞過了鯨艦，往石魚撤退方向追來的阿修羅或是水夜叉。

白牙便會攔下他們，殺掉他們。

白牙是與麥老大力量相當的古物種，就連阿修羅也不放在眼裡。他腳下那青色烏賊游速快絕，此時他赤手空拳，他的尖叉早在幾次刺殺之後便崩斷了；他的胳臂、手肘甚至指尖上，都生出或大或小、或長或短的鯊齒，這才是白牙的真正武器。

「我明白了，你們看……」貓兒突然開口，她伸手到酒老頭、小次郎和豪強面前，緩緩張開。

眾人只見四、五隻蝌蚪大小的東西，自貓兒手上散開。

「咦？」小次郎立時探手抓著一隻，仔細一看，那不是蝌蚪，是一隻極小的章魚。

那小章魚在小次郎手中動也不動，顯然已經死去。

而四、五隻小章魚中，僅有一隻活著，其他都已死了。

那隻活著的小章魚似乎也受了重傷，但此時仍緩緩地、緩緩地往後方游去。往鯨艦游去。

「啊！」小次郎陡然醒悟，大聲說：「難道鯨艦的眞面目就是這些小章魚——」

「是啊。」一旁一名隊長級的蝦蟹士兵對小次郎說：「鯨艦並非打不死，相反地，『鯨艦』不停地死去……還活著的，就努力游回去，重組身體，牠們知道自己屬於鯨艦身上哪個地方。」

「這……」小次郎不解地問：「這樣一下子就被看穿了吧。」

「不。」貓兒搖搖頭，說：「你看那些傢伙像是有智慧的樣子嗎？杜恩這次親自下海，親信都跟在他身邊，幾名小頭目大概都在神宮門前指揮，上頭戰局群龍無首，那些破壞神、阿修羅再凶，也是憑著本能作戰，鯨艦不沉，他們會一直打下去。」

「貓兒姊說得對呀。」那蝦蟹士兵倒是多話，又或是因爲成功撤退而感到輕鬆愉悅，他解釋說：「不但如此，且鯨艦的任務，只是替我們爭取時間。我們這批深海夥伴，力量或許不如那些陸上惡霸，但至少，我們絕對游得比他們更快，只要鯨艦替我們爭取更多時間，拉開更大的距離，那麼他們絕對追不上了。現在我們幾乎算是成功撤退了，接下來只要繼續向前，分頭抵達目的地就行了。」

「你們究竟是用什麼方式困住杜恩？」小次郎不解地問。

「最壞的情形。」那蝦蟹士兵嘆了口氣。「就是炸毀整座神宮，與杜恩同歸於盡，你或許還沒聽說，我們的深海神宮，是活的。」

「活的？」小次郎瞪大眼睛，聽不懂。

「這……很難向你解釋……」那蝦蟹士兵苦笑著說：「因爲就連我自己都不太明白，我猜就連康諾博士也未必眞正清楚神宮的一切，總之，我只知道神宮有自毀機制，且威力絕對能夠消滅杜恩。一旦消滅杜恩，袁唯等於被拔了翅膀，再也沒有人能夠教導他如何走下一步了……」

「你知道得眞多。」小次郎見這蝦蟹士兵，腦袋是蝦子、雙手是蟹螯，但說起話來人模人樣，連地上局勢都略知一二，倒是有些佩服。

「這是因爲康諾博士從未將我們看成工具，而是夥伴。」那士兵笑著說：「在神宮裡，不論階級高低，我們彼此知無不言，有著共同的目標……」

「別了，我的某些夥伴們……」那蝦蟹士兵說到這裡，轉過頭向底下望去，由於石魚大隊越游越遠，底下的神宮也逐漸模糊起來。

神宮上的卡達蝦和巨蟹一隻隻被蟻虎淹沒。

巨大而孤單的鯨艦也維持著緩慢的步調游著。

四條紅鯊和無數的阿修羅、水夜叉、鴨人等各式羅剎，毫不停歇地給予重擊。

白牙斷後、康諾一人留在神宮，所有的夥伴們依舊持續進行各自的任務。

小次郎等人默默無語，似乎不約而同地想起了無法和他們一同撤出的壽爺和百佳。

甚至是更早便犧牲的四角、青蜥和虎妹，以及華江賓館大戰中死去的那些房客朋友們……

CH09 身分

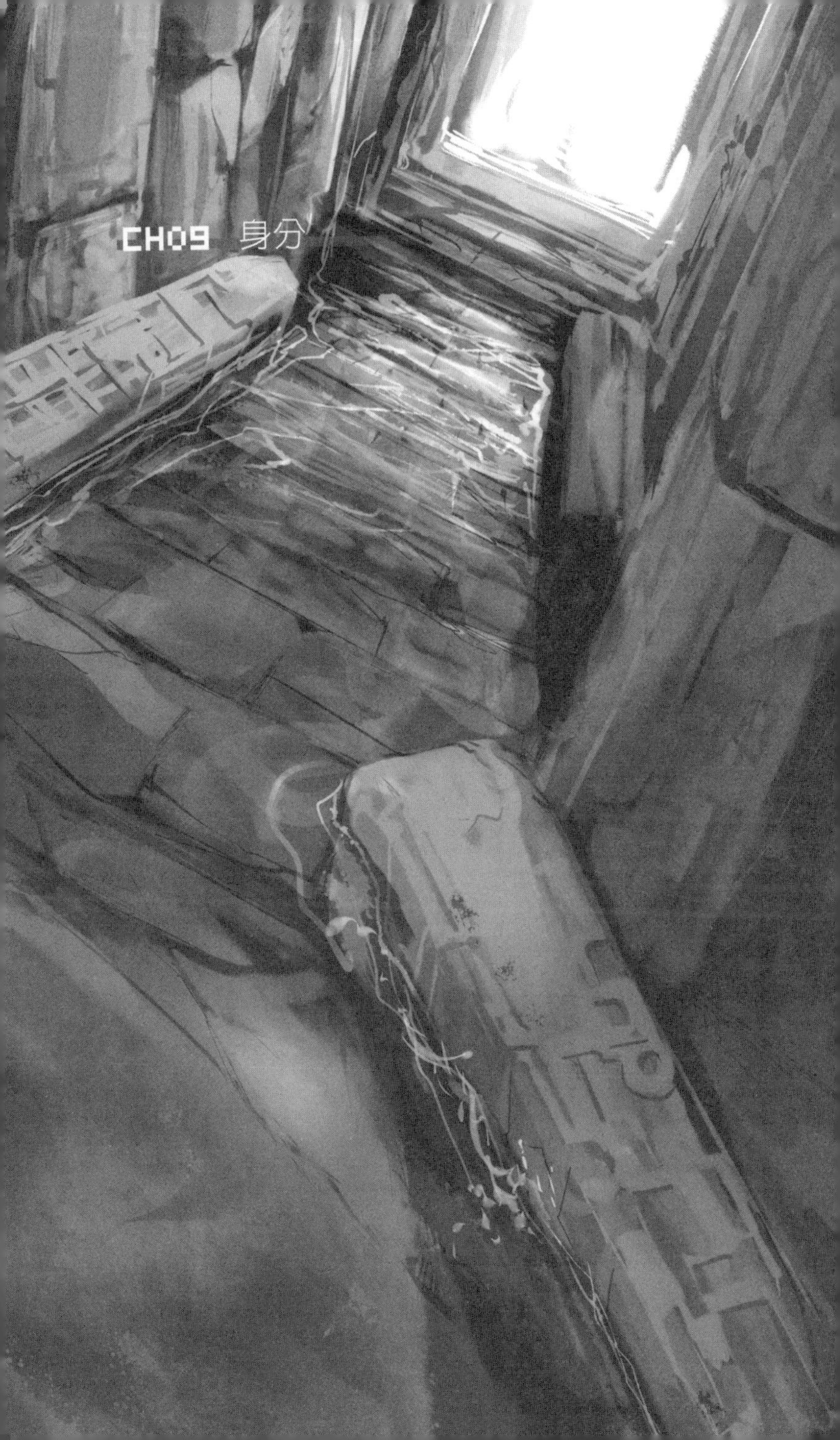

「狄，你爲什麼不和他們走？」月光哽咽地對狄念祖喊。

「我不要臉，我想跟著妳嘛——」狄念祖嘿嘿笑了笑，攤著手說：「公主。」

「……」大堂哥望著狄念祖，再望了望懷中的斐霏，鬆開了手，讓死去的斐霏滑落在地上。

「你這個……莫名其妙的小子。」大堂哥瞪著狄念祖。「你要搭便車？有經過我的同意嗎？」

「老闆，別這樣……我也是你親衛隊的一員啊，我還當過你家警衛，你忘了嗎……」狄念祖嬉皮笑臉地說：「讓我跟著你們吧。」

「哼。」大堂哥哼了哼，轉身就往石魚走去。「聖美、蘇菲亞，我們走。」

「袁正男！你知道石魚嘴巴闔上需要幾秒嗎？你知道石魚鑽出去要幾秒嗎？」狄念祖哈哈大笑：「這段時間，夠我把牠兩隻眼睛打瞎、把牠嘴巴撕開，你不讓我搭便車，我只好拆車啦。」

大堂哥停下腳步，轉過身。「你想要我親手殺你？」

「你行嗎？」狄念祖冷笑兩聲：「不靠女人，你還能幹什麼？」

「……」大堂哥雙眼青橙光芒陡然亮了亮，一揚手便甩來巨臂。

狄念祖低頭閃過，雙膝一彎，關節上膛、擊發，瞬間竄到大堂哥面前，一記左勾拳打在他脖子上。

「喝！」大堂哥只知道狄念祖右拳威力，還沒見識過他的「卡達蹦」，被打了個措手不及，暈頭轉向。

狄念祖一擊得逞，並未追擊，而是雙膝再次上膛，蹦了個老遠，蹦到剛才寧靜基地石魚拋下的雜物那兒，翻翻找找，不知道找些什麼。

「混帳——」大堂哥怒吼一聲，甩動巨臂，追向狄念祖，一面下令：「聖美、蘇菲亞，快幫我殺他！」

「不……我……」月光捂住腦袋，額上青筋浮凸，淚流滿面，像是陷入極度掙扎。

「蘇菲亞，聽主人的命令！」聖美一面怒叱月光，一面牽著寶兒和玉兒發動攻擊，她手一抽，抽出雙劍，自另一側包抄上去。

狄念祖閃過大堂哥兩記甩擊，從雜物堆裡翻出自己的背包，從裡頭摸出了個東西藏進口袋；他見聖美竄來，立時又發動「卡達蹦」，砰砰砰地在逃生艙地板踩出幾處凹痕，竄了個老遠。

狄念祖奔到幾根透明柱之間，對著大堂哥喊：「袁正男你還不走？你應該聽說過我們爲了殺杜恩，不惜毀掉神宮的計畫啊。你再不走，就走不了啦！你快點上石魚，你一上去我就扯爛你的魚，快去啊！」

「你這鼠輩——」大堂哥怒吼，一記長臂橫橫地砸來，沒砸著狄念祖，倒是砸碎兩條透明柱，霎時流水暴竄，小魚小蝦洩了滿地。

「來來來，看看是你的手長得快還是我剪刀剪得快。」狄念祖躍過一地透明柱碎片，揚起拳槍，讓那巨大蟹鉗開開闔闔，發出喀喀聲響，對著大堂哥耀武揚威。

倏——

巨臂捲來，牢牢纏住了狄念祖的拳槍。

「唔！」狄念祖正要屈膝上膛，突然眼前銀晃晃地一亮，他連忙向側一撲，只感到臉上熱辣刺痛；伸手一摸，鮮血淋漓，原來聖美見他故技重施，便擲銀劍射他。

「我讓你跑——」大堂哥怒吼，另一隻手也甩了過去，捲上狄念祖左腿。「扭斷你的腿，看你怎麼跑？」

「哇……」狄念祖感到身子騰空起來。大堂哥一手抓著他右臂，一手抓著他左腿，像是擰毛巾般地擰轉起來，但偏偏狄念祖體內有著卡達蝦基因，全身關節堅韌無比，此時他肘、肩、髖、膝等幾處關節被擰轉成了誇張角度，卻仍不斷。

「哼！哼哼！」大堂哥知狄念祖右拳力大，但不知卡達蝦基因詳細作用，他只覺得狄念祖難纏得像是個橡皮糖、討厭得像是斐姊。他欠缺實戰經驗，也不懂近戰格鬥，只能仗著海怪基因的怪力和巨臂遠遠地攻擊狄念祖，揪著狄念祖的左腿和拳槍擰轉半晌，見狄念祖擰不斷也轉不死，一時拿他沒轍，只好厲聲怒喝：「聖美，給我殺了他！蘇菲亞、蘇菲亞，妳還站著，快殺了他！這是命令！」

「妳忘了我是誰？」大堂哥轉頭怒瞪一旁的月光，大吼：「我是妳的王子！我是妳的主人！我是妳的神——」

「唔！」月光身子一顫，終於有了動作。

「米米……」月光茫然地往狄念祖走去，一手牽著米米，晃了晃她的手。「長劍。」

「公主、公主！」米米瞪大眼睛，拉著月光手腕，連連搖頭。「公主不要……」

「米米，變成劍……」月光臉上滿是淚痕，呆愣愣地繼續向前。「斧頭、刀……我要武器……」

那頭，已經竄到狄念祖身邊的聖美，挺起長劍，刺進狄念祖小腹——自後腰穿出。

聖美鬆手放開劍，左右牽起寶兒和玉兒雙手，又抽出一雙銀劍。

「哇啊！」狄念祖瞪大眼睛，咬牙切齒，左手探進口袋，掏出了剛剛從背包翻出的東西——抑制手環。

莫莉替月光取下抑制手環之後，交由狄念祖保管，以備不時之需。

「去死……」此時手環形如未銬上的手銬那般，狄念祖抓著抑制手環，便往大堂哥捲著自己拳槍的巨手按去。

噹！

聖美眼明手快，一劍挑在抑制手環上，將手環一擊飛遠。

再一劍，刺進狄念祖肋間。

再一次自背心穿出。

「哇……」狄念祖只感到一陣暈眩，儘管他身體裡有長生基因，但聖美這兩劍刺穿了他體內重要臟器，他覺得全身力量漸漸流失。

瞬間，他感到被擰得死緊的身體有些滑溜鬆動。他猛然醒悟，這是因爲自己一時虛脫乏力，拳槍消退而讓大堂哥沒能握實的關係。

他想到這一點時，便主動收去拳槍，他的右臂一下子恢復成常人尺寸。

他全身擰轉的關節，瞬時反方向地轉回了正常角度。

聖美見狄念祖的身子突然扭轉起來，連忙向後躍開，以爲他的卡達砲還有新招。

但只見他抽出了右手，同時左手上又多了個東西。

是另一只抑制手環。

抑制手環是一對的。

「咿！」聖美驚覺不妙時，只見狄念祖雙手抓著抑制手環兩端，朝緊抓著他左腿的巨手食指牢牢一銬。

「咦？」大堂哥由於距離較遠，狄念祖一連串小動作他不清楚，只當自己一時鬆手沒抓牢，當狄念祖將抑制手環銬上他手指，內側細針扎入手指皮膚時，他甚至連刺痛都感受不到。

他正準備再次揪住狄念祖，卻只見狄念祖微微抬起拳頭，用不大不小的力氣，對著腿上的巨臂手指敲了一下。

原本銬在大堂哥巨臂手指上的抑制手環，一下子給敲出了幾條裂痕。

「哇——」大堂哥瞬間感到有東西從指尖竄入了手裡。

那是深海神宮抑制手環的防破壞機制。

一旦鎖上的抑制手環遭到外力破壞，便會將手環中全部的抑制藥劑透過內側細針，瞬間注入受制者體內。

「怎麼……怎麼回事！」大堂哥眼前一陣暈眩，巨手變回人臂，雙膝一軟，跪了下來，大口喘著氣。「唔……唔唔……」

「嘖，竟然沒暈！」狄念祖見大堂哥竟未如莫莉所言，破壞手環會瞬間暈死，心想或許是因爲一支手環的劑量尚不足以抑制大堂哥體內那已經發動的海怪基因。

狄念祖掙扎著正要站起，右胸再中一劍。這劍穿透了他的肺葉。

然後左腿中劍。

聖美鬆開雙劍，風一般地竄向大堂哥。

狄念祖癱坐在地上，望著自己小腹、肋間、右胸和大腿都插著銀光閃閃的長劍。

然後，月光來到了他的面前。

「我沒事！我……」大堂哥憤恨地推開聖美，指著狄念祖，怒吼：「殺了他！殺了他、殺了他！蘇菲亞，給我殺了他！」

「聖美，妳也去幫忙，去殺了狄念祖！」大堂哥吼叫，腳步一個不穩，又坐倒在地……

「咳咳，咳咳咳！」狄念祖連連咳血，指著遠處的大堂哥，笑著說：「我早就說了……沒女人幫你，你什麼屁事都幹不成……對吧，如果我們單挑，你根本打不贏我，難怪……難怪斐家從上到下，沒一個人看得起你！哈哈、咳咳！」

「去給我殺掉他——」大堂哥揪著聖美頭髮，在她耳邊尖吼。

「是。」聖美立時轉身，領著寶兒和玉兒，走向狄念祖。

「狄……」月光神情哀淒，淚眼汪汪地望著癱坐在地上的狄念祖，她手上握著皮皮變成的長劍，皮皮智能不足，不若米米、糨糊等尚有思考能力。他聽月光不停喊要武器，本能地便化爲長劍。「爲什麼你不和他們一起走？」

「不曉得……」狄念祖呵呵一笑，說：「可能……我只是好奇妳最後的答案吧……」

「答……案？」月光緩緩挺劍指向狄念祖眉心，眼淚滴滴落在底下米米仰起的臉上。

「公主！」米米駭然大驚，緊緊抱住了月光大腿。

一旁的糨糊和石頭也讓月光的舉動嚇傻了，瞪大眼睛互望。

「公……公主說過……要保護飯……」石頭舉起一雙短手，敲打起自己的腦袋，一下子看看月光、一下子看看狄念祖，像是碰上了難解的題目一般。

「臭飯！」糨糊則擠到月光和狄念祖之間，一把揪起狄念祖衣領，接連搧了狄念祖好幾個耳光，打得他眼冒金星，大叫大嚷起來：「你這個王八飯，公主從來也沒有這麼傷心過，你是不是欺負公主了？公主現在要殺你，臭飯還不認錯！」

「你擋著她，她怎麼殺我啊……」狄念祖哼哼地說：「怎麼，你捨不得……讓我被你們公主殺掉嗎？呵呵……」

狄念祖笑了笑，突然劇咳幾聲，嘔出幾大口血，全濺在糨糊身上臉上，穿過他身子的四柄劍，其中三柄都穿透他的重要臟器。若非他體內有長生基因，早死透了。他身子一軟，側躺癱倒。

「臭……臭飯……你要死掉了嗎？你不是……打不死嗎？」糨糊望著自己被染得通紅一片的一雙小黏臂，又見倒在地上的狄念祖連還手的力氣都沒了，嚇得搖搖晃晃後退兩步；見狄念祖瞅著自己笑，不禁焦躁地指著狄念祖大罵：「你就算要死，先把欠我的小汽車還來！我算過了，你欠我一萬三千七百四十幾輛，快給我！你……嗚……嗚嗚！」

「哇——」糨糊罵了兩句，突然嚎啕大哭起來。「嗚哇——」

「你這笨寶寶，要哭滾一旁哭去，別擋著路！」玉兒來到了糨糊身後，見糨糊擋在前頭哭鬧，一把揪住糨糊，將他往一旁甩開。

「妳才滾開！」糨糊被玉兒甩倒在地，只覺得滿腔怨怒無處發洩，蹦了起來，反手在玉兒後腦上揍了一拳，還揪住她的小辮子猛扯。

「你幹嘛？」玉兒驚怒交加，一腳踹在糨糊肚子上，將他踹得翻倒在地上；糨糊在地上打了個滾，伸長的黏臂仍揪著玉兒小辮子，死也不放。

「蘇菲亞姊姊——」玉兒氣得大叫。「管好妳的小侍衛！」

「管妳個大便！」糨糊又蹦起身，撲向玉兒和她扭打起來。

「妳……終究是個失敗品。」聖美持著雙劍，來到月光身邊，見月光涕淚縱橫，像個受了委屈的無措小學生般，不禁嘆了口氣，將劍尖往狄念祖咽喉送去。

噹！

聖美刺去的長劍，被月光以皮皮劍挑了開來。

「嗯？」聖美呆了呆。「妳做什麼？主人要我們殺他。」聖美話未停，又送去一劍，噹地一聲，又被月光以劍擋開。

「不……」月光望著聖美，連連搖頭。「我不要……爲什麼要殺他？」

「這是命令！」聖美瞪大眼睛，像是聽見了極荒謬的話。她將一把劍拋還給寶兒，一把握住月光右手，另一手高舉長劍，就要往狄念祖腦袋上劈。

月光向後一退，連帶將聖美也往後拉，同時她將右手上的皮皮劍交至左手，向上一挑，又將聖美斬向狄念祖的劍彈開。

「妳敢抗命——」聖美驚怒交加，拉著寶兒向後一躍，然後向前，長劍一挺，刺向狄念祖腦門。

噹！月光再次擋下這劍，接著又和聖美過了六、七劍，此時兩人過招動作，已不再是妳一劍我一劍地處決或是救援狄念祖，而更接近廝殺戰鬥。

「蘇菲亞！」大堂哥見月光不但抗命，還與聖美打了起來，更加憤怒至極。此時他被注入了整只手環的抑制藥劑，即便站著也十分艱難，更無力上前助陣。他聽後方響起了嘩啦啦的水聲，轉頭一看，只見方才被斐姊擊斃、卡在軟牆上的石魚屍身，在外頭水門開啓之後，受到激流衝擊，向外滑了出去。

由於那條石魚鬆脫滑出，不屬於正常進出流程，擋水軟牆沒有接收到進一步的癒合指令，此時讓滑脫的石魚扯出一個裂口，海水轟隆隆地灌了進來。

「喝——」大堂哥驚懼交加，連忙轉身全力攀上最後一條石魚，站在石魚大嘴上，朝著聖美大喊：「殺狄念祖、殺狄念祖，蘇菲亞，快殺狄念祖，妳要聽我的話，我叫妳殺狄念祖——」

「我不要！」月光擋開聖美兩劍，朝著大堂哥尖叫一聲。

「妳……」聖美又驚又怒，自寶兒手上接回剛剛那劍，擺出作戰姿勢，厲聲斥責月光：「妳豈能這樣對主人說話，妳忘了自己的身分嗎？」

「蘇菲亞！」大堂哥遠遠站在石魚嘴上，也跟著大喊：「我是妳的王子，妳是我的公主，公主要聽王子的話，妳忘了嗎？這是規定、規定！」

「公主、王子……王子、公主……」月光呆了呆，像是想起深深烙印在她腦海裡的這條規矩。她顫抖地往後退，喃喃自語：「是啊，公主要聽王子的話，王子說什麼，公主都要照著做……」

「是啊。」聖美見月光態度軟化，便說：「主人要妳殺了妳背後那個人，這是妳王子的命令。」

「王子要我殺他？」月光順著聖美的視線轉頭，望著躺在地上的狄念祖，只覺得腦袋深處又傳出了矛盾酸楚的劇痛；她摀著頭，退到了狄念祖身邊，只見狄念祖半閉著眼，對她笑了笑。

月光見到渾身浴血的狄念祖才剛張口，口邊便淌出幾大口鮮血，她蹲下來，伸手在狄念祖臉龐輕輕摸了摸，又抹了抹他嘴邊的血。

月光將沾了狄念祖鮮血的手指，放在嘴邊，微微舔嚐。

那是一種月光熟悉的鮮美和溫暖。

「如果是這樣的話……」月光緩緩站起，反手抹去臉上的鼻涕和眼淚，挺起長劍指向聖美。

「那我不當公主了。」

「那妳就得死——」聖美見月光依舊抗命，盛怒叱喝，揮舞雙劍竄向月光。

「臭寶寶，你完了！」玉兒本和糨糊糾纏不休，見聖美發起怒來，知道此時與糨糊等月光一批小侍衛已經轉爲敵對立場，出手便不再留情。她手一晃化爲刀刃，揮臂斬去糨糊兩條黏臂，再一腳踹開他，往聖美奔去。

「寶兒攻右、玉兒攻左！」聖美大聲下令，對著月光連擊數劍。「用最快的時間殺這叛徒，再殺狄念祖！」

「大家保護公主——」米米一聲令下，一票小侍衛有的去攔玉兒、有的盯上寶兒。

「讓開，妳這小矮子，妳不是我的對手。」寶兒見比他小上一號的米米擋在他面前，背後竄出數條銀鞭，凶狠地威嚇米米。

「如果有個大個子要殺你的公主，難道你就會讓開嗎？」米米抖了抖手，從手掌抖出了兩柄西洋銳劍，朝著寶兒一陣亂刺，卻被寶兒甩來的銀鞭捲住了兩柄銳劍，猛一甩將她甩上半空，接著又是兩鞭打來，鞭在她的腿上和腰間，鞭出一陣火花。

寶兒和玉兒的身體是液態金屬，米米和皮皮同樣也是液態金屬，強度不相上下，但米米是有缺陷的瑕疵品，力氣比不上寶兒；捱了寶兒兩鞭，摔落下地，痛得淌出眼淚，還沒站穩，又讓寶兒在臉上也抽了一鞭，哎呀一聲翻倒在地。

寶兒正要追擊，一柱大棒攔腰轟來，將他轟退幾步，是石頭上來接戰。

另一頭，聖美雙劍快如電光，忽刺忽斬，逼得月光連連後退。

月光單手持著皮皮變成的厚劍，對上聖美雙劍，漸漸阻攔不及，胳臂、腰間都給劃出了傷口。她向後一躍，左手搭上皮皮劍劍刃。「皮皮，兩支短劍。」

皮皮劍瞬間變形，長劍變成兩柄短劍。月光抓著雙短劍，猛一吸氣，腳下施力，瞬間竄到聖美面前，以快打快，甚至比聖美更快。

上一次兩人對戰，聖美除了力氣稍大於月光之外，更佔了武器便宜。糨糊、石頭變成的武器不如寶兒、玉兒武器堅韌，交戰時吃了大虧；此時皮皮劍硬度不輸聖美雙劍，十數秒間交過三十幾劍，不相上下。

「白痴小寶寶，你上次輸給我了，再打一百次你還是輸給我！」玉兒見糨糊左手抓著小怒、右手捧著刺針，背後又竄出一條黏臂托著湯圓，不禁大笑：「就算你有三個幫手，還是輸給我。」

「放屁，我會殺死妳！」糨糊吆喝一聲，左手上的小怒化爲鍊鎚、右手上的刺針化爲狼牙棒、湯圓則變成了一柄匕首。

由於小怒、刺針體型都小，因此這鍊鎚和狼牙棒也都和幼童玩具差不多大小。玉兒見了糨糊這模樣，更是笑開懷，轉了個圈化出六臂，手掌都呈刀狀，一躍到了糨糊面前，一刀便斬下糨糊持著小怒鍊鎚的左臂。

「哇！」糨糊吃痛之餘，揮動刺針狼牙棒，狼牙棒頂端被玉兒斬去一截，糨糊脅下也給深深砍上一刀，掉出一輛小汽車。

「哼。」玉兒冷笑一聲，一腳將那小汽車踏爛。

「妳踩壞我的車子！」糨糊火冒三丈，胡亂揮動狼牙棒和小匕首，死戰玉兒六柄臂刀。

「我說過了，你根本打不過……」玉兒正要上前重擊糨糊，只見糨糊身子突然又伸出數條捲著些小刀、小棒的黏臂；她本不以爲意，卻突然眼前一陣亮白，伴隨著一聲巨響，她的腹部受到重擊，向後仰倒。

糨糊那些黏臂之中，除了小刀小棒之外，還藏著一把麥格農左輪手槍。

那是糨糊在第五研究部大戰時藏進肚子裡的祕密武器。

「你這傢伙……」玉兒摀著腹部，表情猙獰地翻身躍起，只見糨糊晃了晃黏臂，將槍口對準她，她連忙撲倒在地，砰砰兩記槍響，子彈自她上方射過。

玉兒再次翻起，手一揚甩出銀鞭，捲上糨糊持槍黏臂，要搶他的槍。

「這是我的，妳自己有武器，幹嘛搶我的槍！」糨糊怒罵，甩出黏臂，持著狼牙棒要敲玉兒腦袋。

玉兒舉刀格擋，突然又聽見腦袋上方噗噗幾聲，頭上、肩上、胳臂全發出劇痛——是刺針狼牙棒射出的鈍刺。

跟著，玉兒腳上也是一陣劇痛。

是被打掉的小怒鍊鎚，追上玉兒咬她腳。

「臭東西！」玉兒驚怒交加，一把扯下抱著她腿亂咬的小怒，又騰出兩臂，十隻手指化成尖刺，一舉穿過小怒全身。

小怒身子小，被十隻尖指穿身，本體無處可躲，被刺個正著，咿咿呀呀地哀號起來。

「啊、啊啊！」糨糊見手下小怒被玉兒擊中要害，又驚又怒地向前暴衝。

「沒用的失敗品。」玉兒身子一扭，背後竄出數條銀鞭，一把捲住刺針化作的狼牙棒，猛地大力擰轉起來。

刺針和小怒一樣，身體太小，本體一下便被玉兒抓著，給擰成兩半。

「你也一樣。」玉兒鬆開小怒和刺針，一把將暴怒衝來的糨糊摔在地上，像上次那樣跨騎在他身上，一手穿進他的胸膛，緊緊扣住了他的本體。

「哇嗚……」糨糊身子一顫，數條揪著小刀小棒的黏臂紛紛垂下。

「你又輸給我了，這次我可不饒你，你這失敗寶寶。」玉兒得意地望著糨糊，手一抽，將糨糊的本體扯出體外──

喀啦一聲，捏得稀爛。

糨糊那兩個永遠眨個不停的眼睛和永遠停不下來的嘴巴，終於闔上了。

「嘻，公主……」玉兒正準備起身向聖美邀功，糨糊的數條黏臂忽然間又纏上了她全身。

其中一條黏臂握著小侍衛湯圓化作的匕首，刺入玉兒心窩。

「你……為什麼……我明明……」玉兒瞪大眼睛，不可置信地望著身下重新睜開眼睛和嘴巴的糨糊，再看了看右手上那只已被自己捏壞的糨糊本體，不論觸感、形狀，都和小侍衛的本體有些相近。

只是相近而已。

那是以廢紙、綿布、塑膠帆布、膠水、吃剩的麵包，和一些硬化黏團手工製成的假本體。

糨糊一直記恨著在黑雨機構一戰裡慘敗給玉兒這件事，後來他在斐家寓所警衛室閒來無事，帶著其他小侍衛研究團體戰術、新式武器時，時常以玉兒作為假想敵，不時嚷著要報仇，狄念祖偶爾也會提供點意見。

這假死假本體戰術，便是糨糊在狄念祖指點之下演練多時的反擊戰術——將真本體藏至他處，造一個假本體，擺在眞本體原有位置上。若是玉兒上當，失去防備，便以硬度最強的湯圓近距離強襲玉兒胸口——一般小侍衛的本體位置。

玉兒讓糰糊一擊得逞，本體被湯圓刺穿，身子瞬間癱軟，撲倒在地上。

「笨蛋笨蛋笨蛋——」糰糊翻身躍起，興奮地又蹦又跳，朝著狄念祖大叫：「飯，看到沒有，成功了，笨蛋大便上當了！」

糰糊尖叫著歡呼，轉過身來，翹起屁股對著伏在地上的玉兒扭個不停。「我把本體藏在屁股，妳才是笨蛋。」

任憑糰糊如何挑釁，玉兒仍是一動也不動，她的身體逐漸化散成了液態。

「哎呀，公主、公主，玉兒她——」寶兒遠遠地瞥見玉兒倒地死去，驚慌嚷嚷起來。

聖美自然也瞧見了玉兒的模樣，焦急煩亂，又見眼前月光滿頭大汗、氣喘連連，顯然精神已綳緊到極限，便一面出劍，一面對她喊話：「蘇菲亞，妳不當公主，妳還能當什麼？妳不跟主人走，還能去哪裡？」

聖美一面喊話，同時加足攻勢，劍劍攻向月光要害。

「我……」月光分心之下，不住後退，已騰不出空反擊，只能盡力防禦。

「聖美，我是妳乾爹，我死得好慘……」狄念祖瞧見聖美對著月光低語，知道她試圖干擾月光心神，此時他雖然身受重傷，但休息了幾分鐘，體內長生基因開始作用，儘管還無力起身，但大聲講幾句廢話倒是可以；他知道聖美與袁家的關係，便裝出老音，隨口鬼扯：「袁唯在我飯菜裡下毒，妳不幫我報仇，反而幫袁唯那個壞人，妳抗命、妳沒資格當我乾女兒，我做鬼也不放過妳——」

「你閉嘴！」聖美朝著狄念祖怒吼。「我乾爹還在世，我聽過他的聲音！」

「笨蛋……那是袁唯用電腦合成出來的音效，我真的死了……我變鬼啦，我的鬼魂附身在狄念祖身上……妳忘了乾爹了嗎？乾爹我……咳咳！咳咳咳！」狄念祖呀呀喊著，扯動傷口，又咳出幾口血。「乾爹我吐血啦……」

「閉嘴！」聖美怒瞪狄念祖一眼，繼續揮劍對著月光步步進逼，繼續心戰喊話：「蘇菲亞妳想清楚，這名字是主人替妳取的，妳不當公主，就不能再用這名字了。妳沒有名字、沒有目標、沒有主人，妳的生命還有什麼意義？」

「我的生命……」月光茫然失神，大腿又中一劍，不住後退，後背抵上了一根透明杜，左邊是幾處儀器櫃，右邊是升降梯，再無退路。

「妳不當公主、不當蘇菲亞……」聖美大喊：「妳什麼都不是——」

狄念祖見月光被逼到了角落，死命掙扎著想要起身，但他依舊無力，只好大喊：「乾爹好痛啊、乾爹要死啦，聖美……妳愛上麥老大就不要乾爹啦，妳移情別戀、妳這賤人、妳的生命才沒有意義！」

「寶兒、寶兒……」聖美尖吼一聲，連連喊著：「寶兒，去殺狄念祖，別再讓他說話，寶兒、寶兒？」

聖美喊了兩聲，不見寶兒回應，朝寶兒身處之處瞥了一眼，只見寶兒被石頭、米米及糨糊聯手按在地上，糨糊黏臂一甩，將湯圓匕首插進寶兒背心。

「啊！」聖美見寶兒也戰敗被殺，大驚失色，轉頭高舉雙劍，朝著月光暴怒劈下。

月光倒持短劍硬格，被聖美雙劍重重一砸，單膝跪地。

「不對……」但她的神情異常堅毅，像是醒悟了什麼般。

「妳終於力竭了……」聖美見月光跪倒，知道她力氣用盡，正要回劍再攻，突然覺得劍尖觸感怪異，定神一看，月光倒持的那柄短劍竟伸出金屬銬鎖，牢牢扣住聖美雙劍——那是皮皮。

「我有名字。」月光放開皮皮，另一柄短劍往上一送，刺入聖美心窩。「我一直有名字……」

這樣好了，我幫妳取個名字，妳以後就叫「月光」。月光、月光、月光、月光。妳可以不承認，妳可以不理我，但總之我就是要叫妳月光、月光、月光。

聖美瞪大眼睛，放開雙劍，雙手五指併攏，要往月光臉上插去，但她還沒刺著月光，雙臂便被趕來救援的糨糊、石頭、米米同時甩來的黏臂纏上。

「公主——」糨糊等追撲上來，揮動黏臂，將聖美身子猛地一甩。

聖美被糨糊等這麼一甩，短劍抽離心窩，鮮血在空中濺灑出一陣暴雨，她的身子砰地一聲，砸落在大堂哥那條石魚外十公尺處。

「哼……」大堂哥見局勢翻盤，連忙退回艙內，憤恨地按下關門鍵，下令石魚出發。

「搶……搶搶……」狄念祖指著那漸漸退出軟牆的石魚，虛弱地喊了喊，突然哇了一聲，感到身子一陣冰涼，抬頭只見那出現裂口的軟牆，在最後一條石魚離去時的水流牽引下，破口又給拉大了些。他隱隱感到不妙，連忙喊：「糨糊、石頭，想辦法把洞堵起來，不然……」

狄念祖還沒喊完，只聽見轟隆一聲，那軟牆上的裂口終於綳開，激流一沖，軟牆四散裂開。

大水洶湧灌入。

「哇！」狄念祖只感到一陣大浪捲來，身子立時讓水沖起；他在水中勉強睜眼，只模模糊糊地見到四周天旋地轉、雜物亂竄，什麼都瞧不清楚。他心中一陣絕望，突然後悔起自己行徑莽撞，心想若是讓月光和大堂哥走，即便之後處境再糟，也比在這深海一萬公尺下，被水壓壓爆胸腹來得好。

突然一隻手握住了他，是月光。狄念祖又驚又喜，用盡全身的力氣將她拉近身邊，將臉湊上去，在她唇上重重一吻，心想這下無論如何，也不會被打擾了。

「唔！」狄念祖突然感到雙腿被什麼東西捲著，四周突然暗了下來，像是有什麼東西緊緊裹住了他和月光。翻騰滾動之間，四柄穿在他身子裡的長劍劇烈抵撞拉扯，狄念祖猛咳幾聲，幾乎要暈死過去。

好一會兒，狄念祖才悠悠回神，只覺得全身雖仍濕漉漉的，但四周已無海水；他正覺得奇怪，身子動了動，只感到月光身子緊貼著他，不禁大感訝異。

「狄醒來了？」月光感到狄念祖有些動作，連忙說：「你別亂動，米米準備幫你拔劍。」

「什麼？」狄念祖聽到「拔劍」二字，駭然大驚，連忙說：「別……別拔，劍上有倒鉤，我會活活痛死──」

「狄大哥，會痛沒錯。」米米的聲音在狄念祖身邊響起。「但沒有你想像中那麼痛。」

「啊？」狄念祖呆了呆，果然感到胸腔一陣刺痛，但遠不如先前糊糊從他肩上硬拔一劍時那種撕心裂肺的恐怖劇痛，而是一陣怪異的悶癢脹痛。

接著，他感到有什麼東西漸漸滑過胸腔；半晌之後，那滑動感消失了，他伸手一摸，長劍已經脫離他的胸口。他大感訝異，連連問：「米米，妳是怎麼做到的？」

「很簡單呀。」米米隨口解釋，原來她讓身子液化，滲入插劍處傷口，包覆住整柄長劍，再緩緩深入更多液化金屬身體，將傷口緩緩撐大，如同在劍刃和肉之間造出一柄劍鞘，跟著才將長劍推出，如此一來，劍刃上的倒勾便不會直接扯爛血肉。

當然，這過程難免疼痛，但比起先前糨糊用蠻力硬扯，倒鉤將肌肉扯得碎爛，要好上太多。

「原來如此……」狄念祖知道原理，鬆了口氣，咬著牙讓米米替他拔出另外三劍，頓時感覺舒適許多，心想熬過一晚，應該就能復元八成以上……一想至此，他突然問：「這裡到底是哪裡？」

「你在小石魚肚子裡。」糨糊的聲音也傳了出來。「是我跟石頭、米米、皮皮聯手變成的小石魚。」

「啊？」狄念祖先是一呆，伸手摸了摸這狹窄空間四周，有種熟悉的柔軟黏滑感，陡然醒悟，原來是小侍衛們聯手將他和月光包裹起來。

米米和皮皮的身體硬化之後，強度不亞於高級深海潛水艇的鋼骨，他們聯手化為石魚外皮及三角結構管狀骨架；石頭則如同水泥灌漿般緊緊填入米米和皮皮的外皮與骨架中，作爲厚實的中間層；至於艙廂內裡，自然由糨糊負責布置。

一具能夠抵擋深海水壓的小石魚，便這麼被造出來了。

「所以我們還在神宮的逃生室裡？」狄念祖連忙問。

「是啊。」米米說：「水快淹到天花板囉。」

「……」狄念祖呆了呆，本來的欣喜又逐漸消散，他知道即便這條由小侍衛們聯手變化成的小石魚能夠抵擋深海水壓，但裡頭的氧氣卻終會耗盡。

「哇，抓到了、抓到了！」糨糊一陣歡呼。「公主，妳看！」

狄念祖哇了一聲，只見本來漆黑不見五指的空間，突然出現了光，月光側躺在他面前。

他倆臉龐相距不到十五公分。

突然出現的光芒，就在他們上方；那兒有一小片透明片，透明片上方，有水有魚，三條小魚泛著青藍瑩光，在小小的空間裡游動著，那是透明柱裡的小魚，此時變成了小侍衛石魚身體裡的照明設備。

「狄大哥的劍拔出來了，我們出發吧。」米米這麼下令，狄念祖感到四周晃了晃，開始移動起來。

「我們要去哪裡？」狄念祖隨口問。

「去哪裡？」糨糊嚷嚷：「笨飯，當然是回陸地上啊，難道要留在海裡當魚嗎？」

「……」狄念祖讓糨糊一陣搶白，也懶得回嘴，心想得好好珍惜氧氣耗盡之前，與月光相處的這段時間。他伸手摟住了月光的肩，立時聽見糨糊的叱喝：「飯，拿開你的臭手！你又想幹嘛？別以爲我剛剛沒看見你又偷吃公主的嘴巴！」

「你這傢伙……」狄念祖惱怒罵了幾句，瞥頭只見米米、糨糊、石頭、皮皮、湯圓等，全將大眼睛掛在距離他腦袋不到三十公分的艙箱壁面上，望著他和月光。

「呃！」狄念祖被眾小侍衛的目光瞧得渾身不自在，又見月光也望著自己，不免有些羞愧，只好胡亂解釋：「我……我只是覺得有點冷……」

「狄覺得冷？」月光嗯了一聲，伸手摸了摸狄念祖的額頭，只覺得他額頭冰涼，並未發燒。

喀嚓，一陣火光在狄念祖腦袋旁亮起。

那是一只打火機。

「臭飯，怕冷你可以燒頭髮。」糨糊以黏臂將那打火機捲到狄念祖面前。

「你做什麼？」狄念祖連忙鼓嘴將火吹熄，怒叱：「你這笨蛋，氧氣已經不夠了，你還點火！」

「你才笨蛋，氧氣夠！」糨糊不服地回嘴。

「放屁，這裡是海底，哪來的氧氣！」狄念祖怒罵。

「吶！」糨糊黏臂伸出，捲著一個東西到狄念祖面前。

狄念祖仔細看了看那東西，忍不住大聲歡呼起來。

那是第五研究部水路脫逃戰時眾人使用的呼吸口罩。

「連呼吸口罩也讓你偷到手啦……」狄念祖這下子可是真心誠意地稱讚起糨糊：「我從沒這麼愛你！你實在太棒了——」

「什麼偷，這本來就是我的！」糨糊氣呼呼地辯解。他有收藏小物的習慣，當時水路脫逃戰時，儘管小侍衛的氧氣需求量不高，但他與其他小侍衛依舊每人分到一只口罩。他們將口罩藏進身子，在體內製造出一處呼吸空間，抵達神宮之後，所有人一一將口罩交還給神宮人員，但糨糊偏偏裝傻不還，推說弄丟了，還將湯圓、小怒、刺針等口罩也納爲己有，此時他擁有四只呼吸口罩。

在米米說明之下，狄念祖這才發現身旁艙壁上有幾處通風洞口，內有抽風扇葉，將艙內空氣抽入口罩外側氣孔，通過口罩，轉換成含氧空氣，再從呼吸管那端連接的通道，送回狄念祖、月光所在的艙箱內。

「哈哈……哈哈哈！」本來一度絕望的狄念祖，此時可是開心雀躍到了極點，笑著對月光說：「這下好了，田綾香、傑克他們知道我們沒死，肯定要大吃一驚，哈哈！傑克那笨貓，現在說不定正哭哭啼啼、爲我難過呢，哈哈哈！」

「狄。」月光見狄念祖如此愉快，也跟著開心起來，她說：「聖美說我沒有目標，其實我有。」

「這些天來，我想起了以前的事。」月光望著狄念祖。「也想清楚了許多事。果果、酒老頭、貓兒姊、山上的夥伴們、海裡的朋友們，還有你和我。我們走遍那麼多地方、打了那麼多場仗、失去了好多朋友。這一切，全都是袁唯先生造成的……」

「我們去阻止他——」月光說：「讓這一切結束，大家再也不要你殺我、我殺你了，好嗎？」

「嘿嘿。」狄念祖有些訝異月光會主動提出這樣的要求，不禁更加振奮，他捏緊拳頭。

「我們不是要去阻止他，是要去宰了他──」

「狄大哥，你有辦法對付袁唯先生？」米米不若糨糊、石頭愚莽，她比其他小侍衛更敏銳些，知道袁唯極難對付，若月光參與其中，風險自然不小。

「有！」狄念祖哈哈大笑。「我有祕密武器。」

「祕密武器？」糨糊聽見狄念祖這麼說，忍不住好奇地問：「是什麼？」

「祕密武器當然是祕密啦。」狄念祖點點頭。

「是我老爸留給我的……」

CH10 男主人女主人

爲了避免引起神宮外的敵軍注意，小石魚前進得十分緩慢，起初沿著海砂匍匐前進，來到了海溝壁面，循著壁面緩緩向上爬升；偶爾當狄念祖和月光躺得累了的時候，小石魚也會變化造型，從橢圓狀變成球狀，讓兩人從躺姿換成坐姿。

在不斷上升的過程中，小侍衛們偶爾會遠遠瞧見有些水夜叉和阿修羅在附近巡邏。當小侍衛們警覺到某些傢伙可能會發現他們，便緊抓著海溝壁面。石頭會讓小石魚表面變得斑駁嶙峋，儘可能讓外觀與海溝壁面看來類似，直到米米判斷危機解除，小石魚才繼續向上。

足足花了一天一夜的時間，小石魚終於浮出了水面。

此時是深夜時分，天空黑雲亂捲、狂風暴雨，雨大得能夠砸痛人、風大得能吹垮帆；海面上則是波濤洶湧，一陣陣數公尺高的巨浪四處掃蕩。

如同電影裡的末日景象，卻是狄念祖、月光和小侍衛們的天堂。

長時間的緩慢浮升，讓他們口乾舌燥到了極點；糊糊途中偶爾偷喝海水，被鹹得哭鬧起來，嚷著想喝汽水。

此時大夥你捲著我、我捲著你，圍了個圈圈漂在海面上，全張大了嘴巴，仰向夜空，將雷聲雨聲當成交響配樂、將時高時低的大浪當成雲霄飛車，喝飽一肚子雨水，這才又組合成小石魚繼續漂流。

直到清晨時分，雨止風停雲散了，日頭在遠方翻起時，小石魚又浮上海面，變成一艘小船。

糰糊化出一套柔軟袍子讓月光裹住身子，也勉爲其難地分出一條黏布讓狄念祖圍著下身，讓兩人將浸濕一天一夜的衣褲洗淨擰乾，掛在小船上的欄杆上讓太陽晒。

同時，在確定了方位之後，他們往日出的反向前進。

憑著儲存的雨水和沿途抓著的魚，小石魚一行人在兩天之後，發現了一艘商船。糰糊和米米趁夜偷上船去，偷出一批物資，包括食物和飲水，以及狄念祖指名要的行動電源。

取得了電源，狄念祖便向糰糊討回那台筆記型電腦，卻發現筆記型電腦在糰糊數次戰鬥中屢遭撞擊，已經壞了。但不要緊，糰糊除了行動電源之外，還一口氣在那船上偷了三台筆記型電腦和五支智慧型手機。

狄念祖開啓了智慧型手機上的衛星定位，才發現此時小石魚幾乎進入了菲律賓領海。

在狄念祖指揮下，小石魚開始向北前進，又花了三天時間，終於接近台灣東岸。

這兩天，狄念祖透過網路大量吸收這段日子以來流傳在民間討論區中的言論，以及數個受聖泉主導的媒體機構發布的官方消息，大致弄懂了此時地上情勢。

從袁唯在聖泉海洋公園發動的創世計畫開始，各式各樣的白日羅剎開始在世界各大城市出沒。那些羅剎日夜不分地獵殺活人，數個月以來，全世界已減少了十億人口。

在聖泉神之音主導之下，世界各國大部分城市都規劃出或大或小的「安全區域」，裡頭駐紮著軍隊，接受區域外的市民遷入避難。

安全區域裡一切臨時法規和各種緊急措施的最高決策者，自然是袁唯麾下的神之音部門。

神之音透過各國主要媒體，二十四小時宣揚只要躲進安全區域，便能夠得到神的庇佑，保證安全區域內的居民不受羅剎襲擊。

自然，在某些國家偶爾也會出現不願配合神之音行事的政府官員或地方首長，他們的轄區便會成爲羅剎優先攻擊的目標；緊接著聖泉便會出動天使阿修羅、夜叉團，配合當地軍警一齊攻入，四處獵殺羅刹——直到將大部分的羅刹連同反聖泉勢力一併軋平爲止。

狄念祖花了許多時間了解此時陸上現況，他心想陸上情勢遠比海洋複雜太多，因此他們並沒有從東部登岸，而是又花上一整夜的時間，謹愼地繞回北部沿海，在日出時分，自一個無人海岸重返地面。

然後，他們在日落之前，抵達了狄念祖計畫中的臨時基地——山水宿舍。

這處幅地遼闊的古舊廢棄建築，是舊時聖泉藥廠園區的員工宿舍，滿載著狄念祖的兒時回憶；後因鄰近山坡地發生過嚴重土石流，附近住宅和整個宿舍園區裡的住民盡數搬遷，成了荒蕪的廢墟。

也因此，這地方沒被劃入「安全區域」。這兒沒人，自然也沒羅刹、沒聖泉爪牙，對狄念祖和月光而言，這兒或許更加安全，但他們仍然謹愼地先在遠處觀察許久，才緩慢前進，步入山水宿舍那三面樓房中央空地。

「糰糊、石頭，看看附近有沒有大蜘蛛。」月光這麼吩咐，糰糊、石頭立時兵分二路，沿著三面樓房底下伸長黏臂，將眼睛轉移到黏臂前端，逐層探看房舍內部情形。

當初月光帶著糨糊、石頭藏身在這兒，碰上了自稱天誅童子的新物種，領著一票突變蜘蛛佔領了整處山水宿舍，狄念祖與月光當時差點便成了這票蜘蛛的盤中飧。

在確認了並沒有發現大蜘蛛跡象後，一行人紛紛提起行李，進入樓房。

那一箱箱行李，是他們沿路自無人店家甚至是民居中搜刮而來的物資。在承平時代，這行爲自然於法不容，但在袁唯即將以神之名統治世界的此時此刻，狄念祖自然也顧不得往常法理，所到之處，能拿就拿。他們在一家賣場裡取得了足夠的食物和飲水，以及大量電池、收音機、手電筒等實用電器，全裝進大型行李箱中，此外狄念祖還在一家荒廢超商中搜刮出一批電話預付卡。

糨糊本習慣將收藏品藏在肚子裡，見狄念祖和月光整理行李也頗感興趣，便取了個小書包，將這漫長冒險一路下來的收藏品全從肚子裡翻了出來；淘汰掉一些重複的東西、過期的零食和早已忘記爲何藏進肚子裡的東西之後，再將喜歡的小寶物一一放進書包裡，一個書包不夠裝，便又拿一個。

糨糊有了新書包，卻進一步發現整間賣場有太多他想據爲己有的東西，直到狄念祖聲稱要讓糨糊擔任這賣場的國王，整個賣場都是他的領土，想來就來、想玩就玩，糨糊才放棄了扛走整層玩具貨架這樣的念頭。

除此之外，狄念祖和月光也換上新衣，外帶幾套隨身衣物，月光還替米米挑了件小洋裝。糨糊見月光替米米挑衣，也爭起寵來，纏著月光替他挑選一套童裝，但他壓根不喜歡人形身體，他對自己的五角麵包海星身形十分自豪，套上新衣新褲跟在月光後頭撒了一陣子嬌後，又趁著眾人不注意時，偷偷脫下衣服扔進貨架間的縫隙，推說不知道衣服爲什麼不見了。

此時一行人將大批行李搬抬上樓，轉入一條廊道，他們在一處門前停下，那門微微敞開著。

月光和狄念祖相視一眼，兩人不約而同伸手推開了門。

「公主，等等！」糨糊向前一頂，一條裝著眼睛的黏臂自正欲進門的狄念祖和月光身間鑽過，進房偵查半晌，收回眼睛，對月光說：「公主，沒有蜘蛛。」

「嗯。」月光摸了摸糨糊腦袋，與狄念祖一前一後進屋。

玄關前堆著一堆亂七八糟的鞋子，客廳中傾倒著簡易家具和各式生活用具——

這間房，便是當初月光與糨糊、石頭窩藏了一段時間的小王國。

也是狄念祖與月光初次相遇的地方。

「回家了、回家了！」糨糊與石頭回到了這地方，像是回到自己的家，欣喜地四處探看，還拉米米一同參觀，像是主人般向米米介紹他們的小王國。

「哼！」糨糊來到房裡，見房裡一片狼藉，地上滿是碎玻璃、落葉和積水，還有一堆乾癟的蜘蛛屍體，木板床上的墊子、枕頭都發了黴，氣得跳腳唾罵：「都是那些臭蜘蛛，氣死人了！」

這兒本來是月光的房間。當初那場蜘蛛大戰，狄念祖和月光爲了躲避大蜘蛛的襲擊，一路從頂樓逃下，撞壞了玻璃窗。這些日子以來，這少了窗子的房間飽經風吹雨打，自然變得髒亂不堪。

「狄，你要先辦正事，還是先休息？我弄點東西給你吃。」月光這麼說，一面開始整理起行李。

「不急。」狄念祖探查了廁所和兩個房間，發覺這小王國的環境比想像中還要惡劣些，便說：「我們花點時間把這個地方整理乾淨，吃飽睡足，明天再開始工作。」

狄念祖邊說邊揭開行李箱，從中挑出一柄組合式掃把，來到主臥房準備掃地，卻被糨糊推出房外。

「飯，我們在忙，你別來礙手礙腳——」糨糊此時的表情倒比平常成熟幾分，只見他和石頭將那些破窗一一揭下，直接往外頭扔。

跟著將那些被風雨泡爛了的床架、桌椅也隨手拆了往窗外扔。

「喂喂喂！」狄念祖看傻了眼，正欲阻止，但見捧著一整疊抹布走來的米米對他搖了搖頭。

「狄大哥，打掃清潔是我們的強項，你放心交給我們就行啦。」米米一面說，一面將抹布拆封，扔入角落那只由石頭變成的大水盆裡。

石頭將石臂伸出窗外，探著了樓頂上的廢棄水塔，將裡頭存積的雨水抽至自己變化出的大水盆裡。狄念祖見那水十分清澈，忍不住湊過去向石頭問了幾句，才知道石頭竟在石臂水管裡，變化出數道濾水構造。

「飯，你怎麼還擠在這裡妨礙我們做事，真討厭！」糨糊揮動黏臂，一下子便將房內醒目的雜物全扔下樓，整間房瞬間清空。

狄念祖見糨糊身子一抖，便抖出十數條黏臂往石頭水盆探去，一條黏臂揪著一只抹布，幾秒鐘就將天花板擦淨了大半；又見糨糊將髒抹布伸回石頭水盆裡，石頭盆裡的水竟旋轉起來，原來石頭在盆裡還變化出洗衣機轉盤，且在盆內造出另一處濾水設施，能過濾盆內髒水；石頭會將那些濾著的髒污塵渣砂土推動到另一條伸至窗外的小石管排出，如此一來，這盆水幾乎能夠擦淨整間屋子。

「佩服、佩服！」狄念祖拍拍手，心服口服，緩緩退出房外。

就這樣，大夥兒分工合作，不擅家事的狄念祖負責從其他空屋裡將堪用完好的家具、門窗扛至隔壁空屋，任月光挑選，合適的便擺入小王國。

本來狄念祖只將這兒當成野外露營的營地，乾淨安全即可，但月光和一票小侍衛對於打掃整理的興致似乎遠超出他的想像；他漸漸發覺自己再也插不上手，便花了點時間往返較遠處的空屋和樓頂，一面觀察周遭動靜，一面尋找有用的物資和新水源。

當他在天色逐漸轉暗，返回他們的小王國時，不免瞠目結舌。

這荒廢已久的小王國，在月光率領著小侍衛們一番清掃布置下，竟被打造成有如度假村般的別緻小屋——

本來滿是塵埃落葉的牆壁和地板被擦得一塵不染；滿是裂痕的窗戶也換上自別戶拆來的完好窗戶；客廳裡擺著石頭用乾淨門板、木料釘成的桌子和椅子，桌上還鋪著以洗淨的窗簾裁切成的桌巾；幾處小架小櫃上都擺著自大賣場取得的香氛蠟燭和LED小燈；某些角落還擺放著月光以空瓶空罐，插上一路隨手摘得的花草做成的園藝擺飾。

月光在廚房以大賣場的烤肉器具和平底鍋燒出幾道菜；米米將一些罐頭裝盤遞給皮皮和石頭端上桌；糨糊替桌上每個免洗杯倒入飲料，還偷喝了幾口，他瞥見狄念祖驚訝的神情，嘿嘿笑著說：「飯，嚇一跳吧，我很厲害吧！你過來，我帶你看更厲害的——」

糨糊得意洋洋地扯著狄念祖，拖著他去參觀月光的臥房。掀開門簾，裡頭有張單人床，有張小几、小櫃，這些桌椅小櫃從裡到外，可都讓糨糊仔細擦得乾乾淨淨，便連月光隨身衣物也都整齊地放入櫃中。

狄念祖見那單人床上擺著一大一小兩個枕頭，知道那小枕頭，自然是糨糊自己專用的，床邊和門邊還有兩處小地鋪，想來是石頭和米米的位置。

「咦？」狄念祖見床頭櫃上還有三塊小毛巾，其中兩塊毛巾上擺著兩只古怪小東西，那兩個小東西乍看之下便像是路邊石塊，但形狀略顯奇怪，有些近似人形；他猛然醒悟，這是刺針和小怒的本體。糨糊在亂戰之中，竟將陣亡的小怒和刺針那石化了的本體也撿了回來，還特地在月光的房間保留了他們的床位。

「你倒挺講義氣。」狄念祖見糨糊站在他身邊，望著小怒和刺針的本體發愣，便拍了拍他：「走，吃飯。」

「飯說吃飯，好笨！公主——」糨糊像是聽見個笑話般，嘻嘻呵呵地跑出房，講給月光聽。「飯要我們吃他！」

狄念祖倚在門邊，望著客廳嬉鬧成一片的月光和小侍衛們，突然感到一種久違的輕鬆快樂。

他知道不論是自己還是月光，在這漫長的冒險過程中經歷了太多次生死交關、太多次痛苦磨難，此時此刻，他們再也不是俘虜、再也不用低聲下氣委曲求全，而能夠完完全全地放鬆——

他突然有些明白爲何月光和小侍衛們，願意花費這麼大的工夫將這廢墟宿舍布置得美輪美奐；這個地方對他們而言，就像是自己的家一樣。

「快吃、快吃，吃完上樓看月亮。」狄念祖吆喝一聲，也擠進月光和小侍衛之中，大口吃著菜餚、大口喝著飲料。

「月亮……」月光想起了以往帶著糨糊和石頭在頂樓吹風觀星賞月的情景，也不免心動。大夥兒就在不願這麼快離開自己親手布置的小皇宮，卻又想快點上頂樓玩耍的矛盾情緒下，匆匆填飽了肚子，再帶著大包小包零食上樓。

儘管經過了數個月風吹雨淋，樓頂圍牆角落依稀可見當時那場蜘蛛大戰遺留下的某些蛛屍殘骸。

抬起頭，夜空中沒有星也沒有月，只有一團團濃雲。

即便如此，糨糊和石頭見到了久違了的頂樓景色、吹到了帶著熟悉氣味的晚風，還是興奮地尖叫起來：「哇——哇哇——」

山水宿舍三面樓房的頂樓十分遼闊，他們帶著米米、皮皮和湯圓四處亂逛，向米米介紹他們和月光當初是怎麼來到這地方、玩了哪些遊戲、碰到了哪些麻煩事、如何惡整狄念祖，以及在這頂樓與蜘蛛軍團大戰等等趣事。

「謝謝妳。」狄念祖對身旁的月光說。

「咦？」月光呆了呆，不解地問：「爲什麼謝我？」

「那個時候我差點以爲妳眞的會殺了我。」狄念祖說，自深海神宮來到山水宿舍這段時間，他們雖朝夕相處，但糨糊半步不離月光身邊，這讓狄念祖很難認眞地對月光講些話。

「我當然不會。」月光連連搖頭，瞪大眼睛說：「狄，你是我的恩人，我有什麼理由殺你？」

「那妳有沒有想過之後的事？」

「之後的事？」

「如果我們順利宰……」狄念祖搔搔頭，說：「順利阻止袁唯，世界恢復平靜，大家不再妳殺我、我殺妳的時候，妳有想做的事、有想去的地方嗎？」

「嗯……」月光側著頭，認眞思索著，好半晌才說：「我想把其他房間也整理乾淨，不然看了難受。」

「唔？」狄念祖呆愣半晌，總算意會月光是想將這廢墟般的宿舍進一步改造；他心想月光欠缺生活和法律常識，或許眞將這地方當成了她的私有物，便苦笑著說：「這可不行，這塊地有主人的，這個房子也是別人的。或許有一天，這塊地的主人會拆掉這些舊房子，蓋起新的樓房。」

「啊……」月光這才知道，自己花了一整天布置的小王國，原來並不屬於自己，不禁有些失望。

她茫然地說：「那或許我……得先找一個地方……」月光突然指著附近的山，問：「那兒呢？那兒也有主人嗎？不如我自己蓋一間房子。」

「我想應該都有主人……」狄念祖心想要和月光解釋人類世界的地產概念可相當困難，他說：「這樣好了，妳喜歡整理房子，不如整理我家，我家讓妳布置，妳想怎麼布置就怎麼布置。」

「你家？」月光咦了一聲，有些欣喜地問：「你家在什麼地方？」

「離這裡大概有三、四十分鐘車程吧。」狄念祖說：「妳可以把那裡當成自己家，想怎麼布置就怎麼布置，不會有人趕妳，妳就是那兒的主人。」

「咦？」月光有些訝異地說：「你要把你家送我？那你不就沒有家了？」

「我……」狄念祖一時語塞，他說：「這應該怎麼說呢？我的意思是，在我們這個世界呢，一個家裡可以同時有男主人和女主人……我們可以一起當主人。」

「好啊。」月光連連點頭，像是十分贊同狄念祖的意見。「我們可以開一間像是酒老頭的飯店，讓所有無家可歸的人都有一個家，這樣一來，果果、貓兒姊……大家都有家了！」

「我家沒那麼大呀……」狄念祖攤了攤手，知道月光出生自女奴計畫，腦袋裡被灌輸的男女觀念便只有王子和公主這麼一種，因此對「男主人」、「女主人」的概念顯然不同於一般人。

狄念祖只好說：「這樣好了，我們先把眼前的事做好，等我們宰……阻止了袁唯之後，再來煩惱酒老頭他們的事。至少，我們得活著才行，對吧……」

「是啊。」月光仰起頭，望著濃雲密布的天。「我們都要好好地活著呢。」月光說完，轉頭對狄念祖說：「狄，你不用擔心，你對我這麼好，無論如何，我都會保護你。」

「我也會保護妳。」狄念祖哈哈一笑，摸摸月光的頭。他見月光睜著烏溜雙眼怔怔望著自己，忍不住伸手環住月光腰際，將她輕輕摟在懷中。

「狄……」月光雖覺得狄念祖這動作有些突兀，有些吃驚，但不知怎地，自己並不討厭，甚至有些喜歡，更甚至有些想將臉龐貼上狄念祖的胸膛。

「啊——啊啊——」糨糊遠遠地朝這兒衝來。「你們在幹嘛？你們在做什麼？」

月光聽見糨糊的鬼叫，猛地推開狄念祖，一時只覺得有種沒來由的窘迫，令她想要躲去什麼人也沒有的地方。她瞥了狄念祖一眼，見狄念祖也望著自己，那異樣的窘迫感像是鼓槌般，在她心頭咚咚敲了好幾下。

「公主！」糨糊大叫，衝到了兩人面前，見狄念祖惱怒地瞪著自己，便推了他一把，說：「飯，我看到了，你剛剛抱著公主……咦！公主，妳怎麼了？」糨糊邊說，一邊將眼睛伸了個老長，到了月光面前，仔細打量月光臉頰。

「我？」月光不解地問：「我怎麼了？」

「妳的臉怎麼變得紅通通的？」糨糊將眼睛收回，伸手打了狄念祖肚子一拳。「飯，你對公主做了什麼？」

「你煩不煩，你到底想幹嘛？」狄念祖拍開糨糊第二拳和第三拳，本想一腳將他踹飛，但見石頭和米米一齊指向遠方的天空，石頭結巴地說：「公……主……妳看……」

狄念祖和月光順著石頭和米米指著的方向望去，天上的濃雲在逐漸加大的夜風吹拂之下散去一大片，露出了盈亮的滿月。

CH11 祕密武器

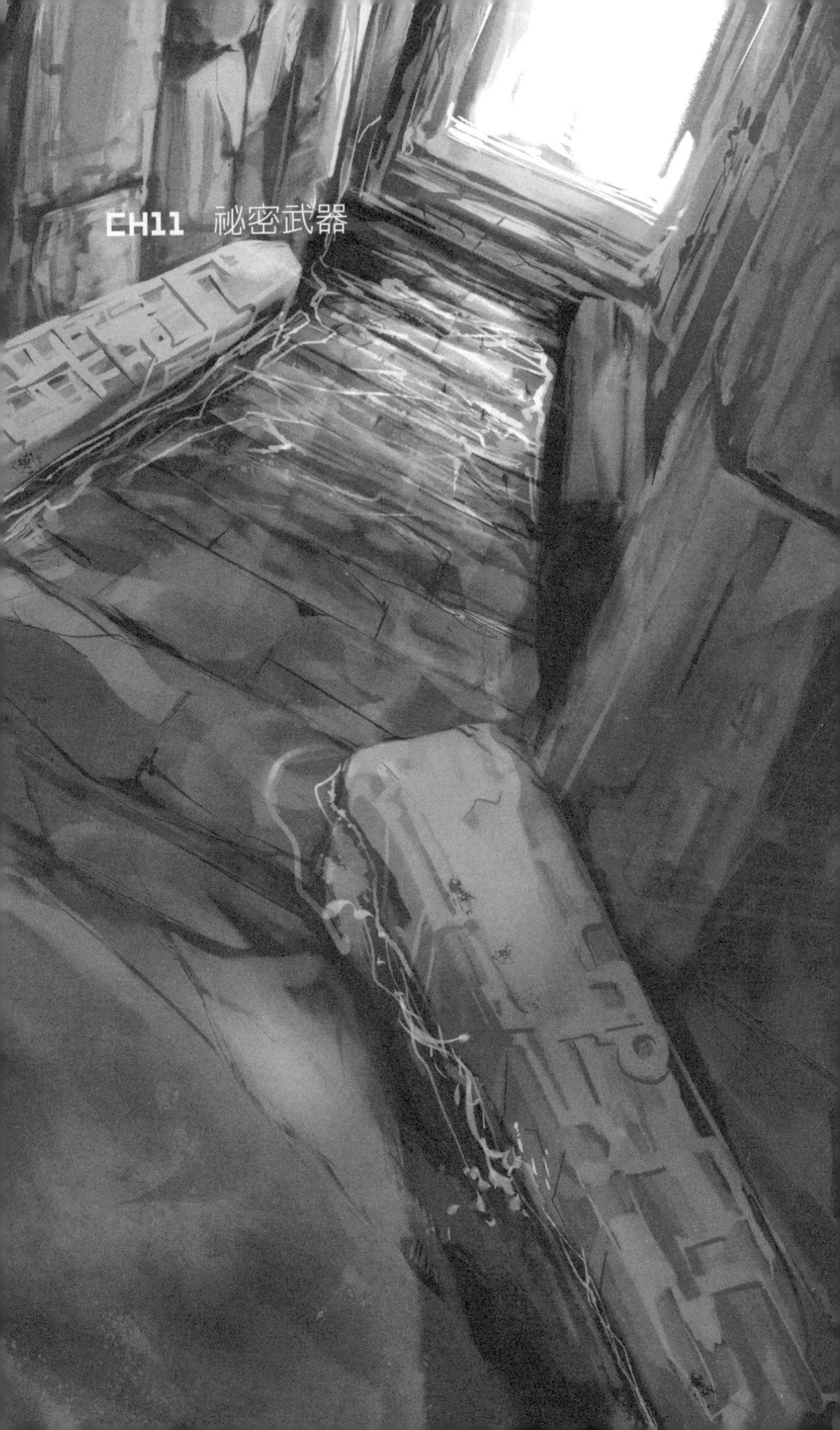

「狄大哥又找到一個了。」米米牽著皮皮，拿著紅筆在筆記本上畫上一筆，同時再用手機向月光回報。筆記本上面有十七個「正」又四筆。一旁，狄念祖也持著一支紅筆，在樓梯反面斜壁上的一個小超人身旁，畫上一個小蟹螯。

「狄大哥，公主說糨糊跟石頭還沒找到下一個。」米米笑呵呵地說：「他們還是停留在三十六個。」

「當然啊。」狄念祖打了個哈欠，帶著米米往上走了一層，揭開底下的電信箱蓋子，對著米米指了指那蓋子反面上的小超人。儘管電信箱蓋上鏽跡斑斑，但還是明顯可見那個以奇異筆畫在上頭的小超人圖樣。

米米立刻以手機回報：「公主，狄大哥找到第九十個小超人了。」

狄念祖在小超人旁畫上蟹螯的同時，也聽見了米米持著的電話那端傳來了糨糊的尖叫哭鬧聲。「飯賴皮啦——」

「狄大哥都讓他們聯手了，糨糊還想耍賴嗎？」米米嘆著氣對電話那頭的月光說：「公主，妳應該罵罵他。」

「別這樣。」狄念祖捧腹大笑，對著米米說：「這樣好了，妳將還記得的位置通通告訴他，我不忍心欺負小笨蛋。」

「嘖嘖……」米米接著了這苦差事，只好照做，向月光大致說明了他們此時所在地點，以及沿途發現的小超人圖樣的大概位置。

就在米米和月光說話的幾分鐘內，狄念祖又接連發現了三個小超人，然後，他帶著米米，來到了山水宿舍地下室。

狄念祖從背包裡取出兩只以電池運作的ＬＥＤ小夜燈，打開開關，順手放在地上，作爲示路照明之用，以便讓後來跟上的月光等人不致於伸手不見五指。他持著手電筒四處照了照，取出智慧型手機，開啓相本，檢視著裡頭一張張照片，那是「火犬獵人」的遊戲截圖。

當他在第五研究本部破解火犬獵人那時，由於溫妮失勢，一組專責監視狄念祖的資安小隊因而解散，狄念祖在無人看管的情形下，將整個「火犬獵人」以及加密檔案，甚至是第五研究本部某些重要資料，陸陸續續透過網路備份到自己的網路硬碟之中。

此時他檢視的幾張照片，便是在破解火犬獵人時截取下來的遊戲畫面——

你還記得小時候待過的地方嗎？那個叫作「山水宿舍」的地方。你常在那兒的地下室和朋友玩捉迷藏，有次你躲在一個工具間裡，在裡頭睡著了，不知情的清潔工將門上了鎖，你被關在裡頭好幾個小時，直到天黑才被人發現……

狄念祖笑了笑，這段遊戲內的文字訊息，是他兒時確實發生過的事。

我留給你的東西，就在那工具間角落一個灰色皮箱裡，去將它找出來，裡頭的東西或許能夠解決你碰上的困境，如果你已經碰上了的話。

門鎖和皮箱的密碼都是4791。

註：還記得老乖嗎？沒意外的話，牠會在附近等著你，給牠喝點汽油，牠會一直跟著你。

這段文字，則是下一張截圖。

狄念祖左顧右盼，這山水宿舍三面樓房的地下室由於全部相連，範圍相當大。他找了許久，又擱置了幾只ＬＥＤ夜燈，終於找著了當年那工具間。他望著兩扇門以鐵鍊纏著門把，上頭還有個密碼鎖。

狄念祖嘿嘿一笑，並沒有照著截圖上的訊息輸入密碼，而是吸了口氣，以蠻力將鐵鍊扯開。「老爸，想不到吧。」

狄念祖正要推門進去，便聽見遠遠地傳來了糨糊的叫嚷聲：「有光、有光！公主，底下有光，飯在裡面，我們快追上他！飯，你在哪？你賴皮、你賴皮——」

由於這兒是地下室，回音極大，米米捂住了耳朵，狄念祖也皺起眉頭答：「我在這裡，你別鬼叫！」

只見糨糊搖搖晃晃地奔了過來，後頭還跟著月光和石頭。糨糊一見到狄念祖就嚷嚷起來：「不算、這次不算，因爲你賴皮……」

「我哪裡賴皮了？」狄念祖扠著手說：「你找到幾個小超人？」

「四百七十多個……」糨糊答。

「……」狄念祖默然半晌，只見月光走近，便又問了一遍。「你再說一次，你找到幾個小超人？」

「四百七十多個。」糨糊煞有其事地說。

「嗯。」月光左手托著筆記本，右腕上戴著湯圓變化成的手環，拿著紅筆算了算筆記本上的「正」字，說：「糨糊和石頭一共找到四十二個小超人。」

「哼……」糨糊聽月光戳破他的謊言，又難過又委屈，卻又不能對月光發作，一面跺腳一面晃到角落抽噎起來。「不公平……」

在許久之前，糨糊、石頭陪著月光藏身在山水宿舍時，便玩過一次找小人的遊戲。糨糊天真地認爲只要使用相同顏色的彩色筆、相同形狀的記號，便能在比賽初期遙遙領先狄念祖，但他壓根不知道這小超人塗鴉的原始作者就是狄念祖，許多刻意畫在隱密處的小超人，只有狄念祖知道。糨糊帶著月光和石頭在山水宿舍裡繞了大半天，也只是將上一次找著的小超人，重新找過一遍。

「米米，告訴那小子我找到幾個。」狄念祖哼哼地說。

「狄大哥找到了九十三個小超人。」米米這麼說。

「不公平——」糨糊哭叫著蹦跳起來：「飯賴皮、飯作弊！」

「更正確的數字，是九十六個。」狄念祖推開那工具間，指了指裡頭：「裡面還有三個。」

「你怎麼會知道！」糨糊搶在狄念祖前頭，衝進工具間，四處翻找，就想要比狄念祖更早找到小超人。

「我就是知道。」狄念祖在門後蹲下，在接近地下的牆面上那只小超人圖樣上，畫上小螃蟹。「喏，這就是第九十四個。」

「我先看到的、是我先看到的！」糨糊推開狄念祖，擠在那小超人旁邊，拿著黃色彩色筆，在狄念祖剛畫的小螃蟹上塗了一個歪七扭八的大圓球，對著月光喊：「公主，你看我找到第九十七個小超人，我贏了、我贏了！」

「九十五。」狄念祖並沒有理會糨糊，而是將手電筒對準了工具間末端天花板角落，那兒也有個小超人；那是他以前花了九牛二虎之力，攀在貨架上仰頭畫上去的。當時整個山水宿舍的小孩子都流行在各處留下自己的專屬圖案，狄念祖可不甘這自個兒發起的遊戲被眾人輕易仿去，因此他其中幾個小超人圖樣，故意挑了高難度的地方畫。

「飯，那個也是我先看到的，你不准畫，是我先找到的。」糨糊甩出黏臂，搶著以黃筆在小超人旁塗了個圓球，那便是他聲稱的「黃色小人」。「我比較快，這是我找到的，我找到九十八個小超人了。」

「第……」狄念祖又在電燈開關旁，找到了第九十六個小超人，隨手畫上小蟹螯，同樣又被糨糊塗上個黃色圓團。

「我贏了、我贏了！」糨糊高舉雙手，見狄念祖冷眼看著自己，不免有些心虛，轉身想和石頭擊掌，但見石頭默默無言，連手都不願舉起；又見米米對他露出嫌惡的表情，心中慌亂委屈，奔回月光身邊，抱著月光啜泣起來。「爲什麼大家都欺負我……」

狄念祖也懶得再理糨糊，自顧自地在角落翻出一個灰色皮箱，那便是「火犬獵人」裡的遊戲訊息所言的灰皮箱。

「狄，你要找的東西就是這個？」月光抱著糨糊，走上前問。

「是啊。」狄念祖將皮箱放在地上，這次他可沒用蠻力開箱，而是乖乖地輸入密碼，揭開箱子——

箱子裡頭有一把手槍，幾只彈匣。

一疊鈔票。

幾管針筒。

一些不明藥物。

一只隨身碟。

「飯……」糨糊探長了眼睛，似乎也對那箱子裡的東西感到十分好奇，他問：「這就是你說的祕密武器啊？」

「應該是吧……」狄念祖仔細檢視著每樣東西。他翻了翻那手槍，只見是把普通的手槍。按照他先前習慣，會交給糨糊保管，但此時他被糨糊吵得耳朵發疼，便連同彈匣一併交給米米，對她說：「妳帶在身上，有需要的時候就拿出來使用。」

「唔……」糨糊見狄念祖瞪自己，便撇過頭不看他，卻又偷偷以黏臂接著一隻眼睛，繞到另一端窺視狄念祖那只皮箱，他極想知道狄念祖口中的「祕密武器」究竟是什麼東西。

「『蟹王』？什麼意思？」狄念祖一一檢視那針筒和藥物上貼著的標籤貼紙：「『急速獸化基因』、『體力倍化劑』、『老乖專用』……老乖到底是誰啊？」

狄念祖看得一頭霧水，數了數鈔票，有數萬元之多，便放入口袋，跟著拿起那隨身碟，上頭也貼著標籤貼紙，寫著「解說」二字。他心想這或許是這些藥物的使用說明，不禁有些失望，他身上已經被注射了急速獸化基因，且差點喪命，其他藥品和針筒，想來也是一些強化體能或增強戰力的異種基因，對現在的他而言顯然沒有太大幫助。

「怎麼了，狄？這不是你要找的東西嗎？」月光這麼問。

「不。」狄念祖搖搖頭，苦笑說：「就是這些，我已經找到了……走吧。」狄念祖將那些藥物和針筒放入背包，起身揚了揚手上那隨身碟，說：「回去看裡頭有什麼。」

他們剛走出那工具間，不約而同地咦了一聲。

在幾盞ＬＥＤ小夜燈的昏暗視線裡，他們隱約見到遠處有個大影子晃過——

那身影的動作姿態，有些像是蜘蛛。

狄念祖立時舉起手電筒照去，卻什麼也沒見著。

「大家小心。」月光放下糨糊，小侍衛們立即佔住了四角，將狄念祖和月光圍在中央，大夥兒屏息半晌，卻不見再有動靜。

「臭蜘蛛，出來——」糨糊耐不住性子，陡然大罵，回聲震得大夥耳鳴。

「咦？」一個陌生女子聲音響起。「又是你們！」

狄念祖立刻將手電筒對準聲音來源照去，只見一個婀娜多姿的妙齡女人，半坐半倚地乘著一只怪異的東西，遠遠地望著他們。

「妳……」狄念祖見她長相陌生，但一雙冷峻眼睛卻有些熟悉，猛然醒悟，指著她喊：「妳是天誅童子？」

「什麼？天誅童子？」那女人聽狄念祖這麼叫她，仰頭大笑，女人身下那古怪東西，反而開口怒叱：「混帳，要叫『天誅女王』，什麼童子，你膽子可真大！」

「女王？」狄念祖一時不明所以，後退兩步，大聲說：「我不管妳是不是以前那蜘蛛小妹，總之我們井水不犯河水，我們現在就離開，妳可別輕舉妄動。」

「井水不犯河水？」那天誅女王媚笑兩聲，說：「以前你們打死了我好多手下，現在想要一筆勾銷？」

「妳那時想吃我們，我們能不反抗嗎？」狄念祖無奈地說：「總之妳別亂來，我現在比以前厲害得多，要是打起來，妳又要犧牲一大票手下啦，說不定連妳自己也——」

狄念祖雖不懼戰，卻怎麼也不想和天誅女王打起來，他知道這傢伙身邊必定跟著一窩大小蜘蛛。與數不清的蜘蛛作戰，實在是相當不舒服的一件事。

「嘻嘻。」天誅女王笑了笑，變換坐姿，左腳踏著底下那怪東西腦袋，右腳擱在左膝上，擺出了個騷媚撩人的姿態。

狄念祖這才看了仔細，那天誅女王身子幾乎赤裸，僅以極薄如同蛛絲織成的絲布遮著胸前和下身。

而她坐著的怪東西，是個看不出性別的光頭怪人，體型扭曲，四肢如同蛛足，趴伏在地上，脅下、腰側又生出較爲細小的蛛足。

「我感覺得出來——」天誅女王對狄念祖嬌笑了笑：「你確實比以前強大許多，你身上帶著野獸的氣味，嘻嘻，你叫什麼名字？」

「什麼？」狄念祖只覺得這天誅女王說話古怪，緩緩後退，一面伸手示意要月光也後退。

突然，後頭的米米低聲一喊，狄念祖和月光回頭，只見往地下室出口那兒幾盞ＬＥＤ小夜燈全暗了。

「妳別亂來喔——」狄念祖連忙再將手電筒指向天誅女王，天誅女王已不見蹤影。

「嘻嘻、嘻嘻。」她怪異嬌媚的聲音卻仍迴盪在地下室中，同時，座下的怪東西也說起話來：「女王，我倒覺得這傢伙不怎麼樣，不如吃了他。」

「喲，『椅子』。我看上的男人你就是有意見，你不希望我統治世界嗎？」天誅女王這麼說。

「不，女王，小的哪敢有意見，小的只想替女王找個更好的男人。」那叫作「椅子」的怪傢伙繼續說著：「只有全世界最好的男人，才配得上我們偉大的女王。」

「講什麼鬼東西……」狄念祖暗暗咒罵著，只聽見地上傳來了窸窸窣窣的聲音，用手電筒一照，可嚇了好大一跳，只見成群蜘蛛四面八方淹了過來。他立時大叫：「地上有蜘蛛！」

「公主……上來……」石頭這麼喊，變形成一座四足移動平台，四足上有一圈圈防蟲尖刺。

月光拉著狄念祖，一齊躍上石頭變成的移動平台。在狄念祖的指揮下，石頭平台往出口方向前進。

「啊呀，竟敢咬我！打死你們！」糨糊在前頭開路，踏入了蜘蛛堆裡。他氣急敗壞地揮動黏臂四處亂打，小侍衛們由於身體構造的緣故，即便被蜘蛛咬著，毒液也不會擴散、不會生效，而米米和皮皮由於是液態金屬構造，能隨心硬化軀體，蜘蛛連咬都咬不下去。

一行人緩緩往出口推進，糨糊被咬了上百下，痛得暴跳如雷、鬼吼鬼叫。

突然，狄念祖感到像有什麼東西落在他手上，他驚呼一聲，只覺得手背劇痛，那手電筒掉落下地，燈光晃過天花板。

狄念祖和月光這下可都看見了天花板上也攀伏著各式各樣的蜘蛛。

接著，手電筒也旋即熄滅。

狄念祖正不知所措，只聽見身旁月光一聲低呼，連忙問：「怎麼了，月光？」

「有東西……」月光話沒說完，突然又悶吭兩聲，上氣不接下氣，暈了過去。

「擋住上面，別讓蜘蛛往下掉！」狄念祖大喊一聲，米米立時翻上平台，搖身一變，變成一把大傘，傘沿長出長刺，遮了半晌，卻沒接著一隻蜘蛛。

狄念祖焦急地搖著月光，拍拂著她的身子，想將她身上的蜘蛛拍落，卻同樣沒摸著蜘蛛，突然啊了一聲，在月光胳臂上摸著一枚短刺，他連忙將刺拔出，陡然想起這是天誅女王——當她還身爲「天誅童子」那時擅用的招式，她能遠遠地射出毒牙。

狄念祖正要叫米米將左右都擋住，突然感到肩頭一陣刺痛，跟著整條胳臂迅速麻痺，那麻痺的速度超乎他的想像，他還剛叫出聲，那麻痺感已經自他的肩頭擴散到他臉孔和腹部，同時，他的後背、大腿、腰際也接連被毒牙射中，噗地坐倒。

他想開口警示，但感到嘴巴像是飛離了臉般地無法控制，他覺得有陣冰涼涼的東西捲上了他的頸子和臉。

是蛛絲。

他覺得自己給拉離了石頭平台，整個人騰到了半空中；他腦袋一片空白，想伸手抱緊月光，但雙手已不受自己控制，他甚至尚未落地，便已失去了知覺。

由於四周漆黑一片，米米壓根不知道發生了什麼事，只聽得腳下倏倏兩聲，正覺得奇怪，伸手一撈，周圍竟空空如也，月光和狄念祖都不在身邊。她連忙大喊起來：「停下、停下，公主不見了！」

「什麼！」糨糊、石頭都大吃一驚。石頭立時變回原樣，大夥兒在漆黑之中騷動起來，四處找了半晌，除了摸著一些蜘蛛屍體之外，什麼也沒找著，甚至連滿地活蜘蛛，都悄悄地撤走了，便連那些ＬＥＤ燈、落下的手電筒都不知去向。

「這樣不是辦法，我們先出去拿其他手電筒！」米米這麼說，領著焦急的小侍衛們，摸摸找找了好半晌，才終於找著出路，急急忙忙地上樓。

□

狄念祖悠悠醒轉，只見四周昏暗一片，瀰漫著古怪氣味。他呆愣半晌，連忙四處張望，可嚇得魂飛魄散；他發現自己身處在一間狹小房間裡，四周牆面上沾著那一團團的東西全是人，所有人都被蛛絲裹成餃子似地沾黏在牆上。

「月光、月光！」狄念祖猛然發現了月光也被裹著重重蛛絲，貼在牆上一角，連忙大聲呼喊，但怎麼也喊不醒月光。

「嘻嘻，你醒啦。」天誅女王的詭異笑聲傳來，狄念祖打了個冷顫，回頭只見天誅女王又乘著那詭怪莫名的「椅子」來到房門外。

「男人，告訴我，你叫什麼名字？」天誅女王這麼問。

「妳……」狄念祖莫可奈何，他此時一動也不能動，只好據實以報。「我叫狄念祖……」

「狄念祖、狄念祖？」天誅女王點點頭，像是十分滿意這個名字。她見狄念祖被裹在蛛絲裡的雙手不安分地掙動著，咦了一聲，步下椅子，走進房間，妖嬈地走到狄念祖身前，摸了摸他的頸子，說：「是我太小看你了嗎？不過……這也代表你確實是好男人。」她一面說，一面伸出食指，在狄念祖的臉上、頸上滑著。

「好男人？妳到底在說什麼？」狄念祖感到莫名其妙，慌亂掙動起來，但他力氣不到正常時的十分之一，此時只覺得綑著他全身的蛛絲，便如同鋼絲鐵鎖一般堅韌。他很快放棄了掙扎，急急地問：「這……這些人都怎麼了？」

狄念祖見這四壁上掛著的人，雖都閉目不動，但卻也不像屍體，他亟欲知道窩在角落的月光究竟是死是活，便試探地問：「妳殺了他們嗎？」

「這些人是我們的儲糧。」天誅女王嬌笑一聲。「怎麼，你也想吃？」

「什麼……」狄念祖驚慌之餘，卻也難以從她口中猜出月光此時的處境，他生怕逼問得急了，反而讓天誅女王將目標轉移到月光身上，因此扯開話題，說：「妳想對我怎樣？我也是儲糧嗎？」

「不。」天誅女王向前走了兩步，鼻尖幾乎要貼上狄念祖的唇。她踮起腳尖，讓自己和狄念祖的鼻尖碰了碰，伸手在狄念祖臉上、身上輕輕撫摸著，笑說：「你要當我未來孩子的父親。」

「什麼！」狄念祖瞪大眼睛，無法相信自己耳朵聽到的話。

「我需要強壯的男人，幫助我生出一批最偉大的孩子們。」天誅女王的樣貌冷艷，但神情炙熱嚇人，她說：「我的孩子們一旦出世，將能夠統治世界——」

「然後，你才會變成我的糧食。」天誅女王微微張開嘴，輕輕咬了咬狄念祖的頸子、肩膀和胸膛。「而我，會成爲孩子們的糧食。」

狄念祖忍不住打了個哆嗦，他知道有些母蜘蛛在交配之後，會吃掉公蜘蛛；也知道有些母蜘蛛在孵出小蜘蛛後，會成爲小蜘蛛的食物。

他見眼前的天誅女王說起話來像是發瘋著魔，顯然極不正常，想必是當時趁亂自聖泉實驗室裡逃出來的失敗品，且還是具有嚴重缺陷的失敗品。這樣的缺陷在天誅女王還是天誅童子時尚不明顯，但隨著身體快速生長發育，從「童子」成長到「女王」之後，極端的蜘蛛本能便顯露無遺。

「等……等等……」狄念祖見天誅女王陶醉地喃喃自語半晌，突然伸手向他抱來，咧開嘴便要往他臉上親，可嚇得要大聲叫嚷起來；但他尚未開口，外頭已傳來騷動聲。

「女王……女王……」兩、三個模樣古怪的人面蜘蛛攀到了門外天花板處，急急地報告：「有敵人找上門了……」

「什麼！」天誅女王勃然大怒，說：「是哪個膽大包天的傢伙？」

「他們有三個……不，是四個，個子都小小的，模樣古怪，身體能自由變形，打死我們好多姊妹啦……」人面蜘蛛這麼回報。

狄念祖心中一凜，聽人面蜘蛛這番描述，想必是米米帶著小侍衛殺來了。

「哼……哼哼……」天誅女王露出猙獰的表情，顯然對打擾她「繁衍」的傢伙們深惡痛絕。她憤恨地步出門，踩上「椅子」，向外頭一指，領著人面蜘蛛親征敵人去了。

「……」狄念祖等那天誅女王離去半晌，心中焦急，他領教過這天誅女王的厲害，且帶領著一票蜘蛛大軍，這四個小侍衛肯定不是對手。他奮力掙扎，還是掙不脫這堅韌蛛絲，只好再大聲喊著月光：「月光、月光——」

月光依舊一動也不動，狄念祖突然咦了一聲，瞥見月光手腕上那手環。

那是小侍衛湯圓。

「啊，湯圓？你是不是湯圓呀！」狄念祖大叫。

湯圓睜開了眼睛，朝著狄念祖眨了眨。

湯圓心智發育極淺，平時沒有命令，幾乎不會有所動作；儘管他也有著侍衛本能，但在那漆黑地下室什麼也看不見，他即便感受到公主受到威脅，也分不清敵人在哪兒。後來被天誅女王一干手下綑到了這兒，月光也被沾上牆，卻沒有進一步遭到襲擊，湯圓便也一直盡責地維持著手環模樣，毫無動靜；此時聽見狄念祖呼喚，這才睜開眼睛。

「哇，眞的是你！」狄念祖歡呼一聲，對著湯圓說：「過來，過來我這兒。」

湯圓立時變回柳橙大的球狀，落在地上彈了彈，蹦到狄念祖身上。

「你知道剪刀這東西嗎？我要你變成剪刀，剪開這些蜘蛛絲。」

《月與火犬》11　完

敬請期待下集

國家圖書館出版品預行編目資料

月與火犬11 / 星子 著；.—— 初版. ——台北市：
蓋亞文化，2013.06-
冊；公分.——（月與火犬；11）（悅讀館；RE291）

ISBN 978-986-319-025-7 (平裝)

857.7　　100005358

悅讀館　RE291

月與火犬 11

作者／星子
插畫／Izumi
封面設計／克里斯
出版／蓋亞文化有限公司
地址◎台北市103赤峰街41巷7號1樓
電話◎（02）25585438　傳眞◎（02）25585439
網址◎www.gaeabooks.com.tw
電子信箱◎gaea@gaeabooks.com.tw
郵撥帳號◎19769541　戶名：蓋亞文化有限公司
法律顧問／十方法律事務所
總經銷／聯合發行股份有限公司
地址◎新北市新店區寶橋路二三五巷六弄六號二樓
電話◎（02）29178022　傳眞◎（02）29156275
港澳地區／一代匯集
電話◎（852）27838102　傳眞◎（852）23960050
地址◎九龍旺角塘尾道64號龍駒企業大廈10樓B&D室
初版一刷／2013年07月
定價／新台幣 220 元

Printed in Taiwan

ISBN／978-986-319-025-7

RE291
GAEA

月與火犬 11

蓋亞文化　讀者迴響

感謝您在茫茫書海中選擇了蓋亞，您的支持是我們最大的動力。
不要缺席喔，讓我們一起乘著夢想的羽翼，穿越時空遨遊天地！

姓名：　　　　性別：□男□女　　出生日期：　年　月　日
聯絡電話：　　　　手機：
學歷：□小學□國中□高中□大學□研究所　　職業：
E-mail：　　　　（請正確填寫）
通訊地址：□□□
本書購自：　　　縣市　　　書店
何處得知本書消息：□逛書店□親友推薦□DM廣告□網路□雜誌報導
是否購買過蓋亞其他書籍：□是，書名：　　　□否，首次購買
購買本書的動機是：□封面很吸引人□書名取得很讚□喜歡作者□價格便宜□其他
是否參加過蓋亞所舉辦的活動：
□有，參加過　　場　□無，因爲
喜歡出版社製作什麼樣的贈品：
□書卡□文具用品□衣服□作者簽名□海報□無所謂□其他：
您對本書的意見：
◎內容／□滿意□尚可□待改進　◎編輯／□滿意□尚可□待改進
◎封面設計／□滿意□尚可□待改進　◎定價／□滿意□尚可□待改進
推薦好友，讓他們一起分享出版訊息，享有購書優惠
1.姓名：　　　e-mail：
2.姓名：　　　e-mail：
其他建議：

◎請沿虛線剪開、對摺、裝訂後寄出

廣告回信　郵資免付
台北郵局登記證
台北廣字第675號

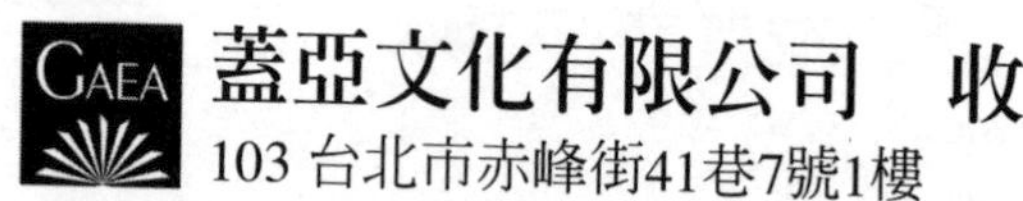

Gaea

Gaea